HUFSPUREN

CHRISTA LUDWIG

Geschecktes Glück

HUFSPUREN 4

CHRISTA LUDWIG

Geschecktes Glück

VERLAG FREIES GEISTESLEBEN

Mit einem *Mini-Lexikon der Pferdefachsprache* am Ende des Buches

1. Auflage 2009

Verlag Freies Geistesleben
Landhausstraße 82, 70190 Stuttgart
Internet: www.geistesleben.com

ISBN 978-3-7725-2364-9

Umschlag & Gestaltungskonzept: Maria A. Kafitz
Satz: Bianca Bonfert
Fotos: Wolfgang Schmidt
Druck: CPI – Clausen & Bosse, Leck

LÜGEN 1

Lügen! Eigentlich konnte sie das doch. Eigentlich gab es doch kaum jemanden, der es besser konnte.

Alberta fuhr schnell. Noch ging es nur leicht bergauf, und dieses Rad war absolute Spitzenklasse. Die kalte Novemberluft war ihr angenehm, sie kühlte ihr Gesicht und das tat der Wunde an ihrer Schläfe gut.

Wenn sie ehrlich zu sich selber war, dann waren ihre vielen täglichen Verdrehungen der Wahrheit auch Lügen gewesen. Langsam! Sie ließ das Rad ausrollen. Sie wollte da, wo sie hinfuhr, doch gar nicht ankommen. Natürlich war sie zu spät, viel zu spät, schon jetzt hatte die erste Schulstunde längst angefangen. Jana und Theres saßen in der Klasse und fragten sich, wo sie wohl blieb. Sie war nie krank. Langsamer fuhr sie weiter, hielt den Kopf in den Wind, fühlte wieder den Schmerz über der rechten Schläfe. Bloß nicht ankommen da!

Sie war allein auf der Straße. So weit außerhalb der Stadt fuhr um diese Zeit niemand, und der Weg, von dem sie kam, führte zu nichts als dem verlassenen Bauernhof, in dem man ihre Familie nach der Übersiedlung aus Kasachstan untergebracht hatte. Im letzten Schuljahr noch war Alberta jeden Morgen von dort mit stramm geflochtenen schwarzen Zöpfen und weißen Schleifen aufgebrochen, in einer weißen Rüschenbluse und buntem Glockenrock, mit weißen Kniestrümpfen und schwarzen Schnallenschuhen – eben so, wie in Kasachstan anständige Mädchen zur Schule gingen.

Und genauso war sie auch zu Hause wieder angekommen. Und ihre Eltern hatten niemals geahnt, dass sie in der Schule die Schleifen aus den Zöpfen riss, sich in Janas Jeans und T-Shirts quetschte und in Nikes oder Reeboks von Theres schlüpfte. Janas Hosen waren ihr zu eng. Sie konnte darin kaum atmen. Theres war zwar noch dünner als Jana, aber sie war lang und hatte große Füße. So waren die Schuhe von Theres ein Schuljahr lang alles gewesen, was Alberta gepasst hatte. Trotzdem hatte sie sich in Janas Kleidern wohler gefühlt als in ihren flatternden Glockenröckchen.

Das alles waren doch Lügen gewesen. Sie hatte den Vater, die Mutter, ihre beiden Brüder angelogen, nur ihre Schwester hatte die Wahrheit gewusst und mit ihr gelacht. Lügen, über die man lachen konnte! Und jetzt musste ihr – sofort – eine ganz andere Lüge einfallen, da gab es nichts zu lachen, und da würde es niemals etwas zu lachen geben.

Seit Beginn der 8. Klasse durfte Alberta mit Jeans und Sportschuhen zur Schule fahren. Aber dieses Rad war auch eine Lüge. Der Weg wurde jetzt steil. Sie schaltete in den 3. Gang. Die Schaltung funktionierte vorzüglich. Mit diesem Rad war sehr wahrscheinlich nicht nur ihr Vater betrogen worden. Alberta wusste das nicht genau.

Theres und Jana waren vor zwei Wochen mit ihren Rädern in den Wald gefahren und hatten sie nicht gefragt, ob sie mitkommen wollte. Das war schon komisch gewesen. Sie hatte aber sowieso noch im Stall zu tun, um sich eine Reitstunde zu verdienen. Und mit ihrem Sperrmüll-Klapperrad traute sie sich kaum auf die holprigen Waldwege. Theres und Jana hatten behauptet, sie wollten mit dem Kilometerzähler an Theres' Rad die Pass-Strecke abmessen, jenen langen, ebenen Weg am Waldrand, auf dem man Rennpass reiten konnte. Alberta hatte sich gewundert, dass Jana sich dafür interessierte. Die ritt keine Isländer und also auch keinen Rennpass. Aber, na ja, die beiden waren allerbeste Freundinnen, und wenn sie schon nicht mehr zusammen ritten, warum sollten sie dann nicht wenigstens zusammen mit den Rädern durch den Wald fahren?

Und bei dieser Radtour war Theres dann etwas wirklich Komisches passiert: Der Lenker war ihr aus den Händen geglitten und das Rad war einen Steilhang hinabgestürzt, nur das Rad, nicht sie. Ihre Mutter hatte ihr daraufhin sofort verboten, dieses Rad weiter zu fahren. Und das war das Einzige an der ganzen Geschichte, worüber Alberta sich überhaupt nicht gewundert hatte. Natürlich würde Frau Rohner niemals zulassen, dass ihre Tochter ein «Unfallrad» fuhr, bei dem sich wahrscheinlich «der Rahmen verzogen hatte». Theres hatte das «Unfallrad» Alberta angeboten. Aber die konnte nur mit den Schultern zucken.

«Für meinen Vater ist das ein Almosen. Niemals nimmt er ein Almosen von stinkreichen Leuten an, nie!»

Und da war Theres mit der Sperrmüllidee gekommen, und zwei Tage später war Sperrmüll gewesen. Komischer Zufall? Sie stellten das Rad in das Suchgebiet von Albertas kleinem Bruder. Grinsend schauten sie hinter einer Hecke zu, wie sich Jakob auf das Rad stürzte. Da war keine Gefahr, dass er es für sich beanspruchen würde. Ein Mädchenrad für einen zehnjährigen Jungen? Unmöglich! Und wie hatte er sich gefreut, als er am Abend die überraschte Schwester zu seinem Fund führte! Und ihr Vater!

Alberta schaltete in den 1. Gang.

Ihr Vater hatte das Rad ganz auseinandergebaut. Mit Kettenschaltung kannte er sich aus, aber mit 21 Gängen hatte er noch nie etwas zu tun gehabt. Doch so etwas konnte er! Er hatte gesungen bei dieser Arbeit. Seit sie in Deutschland waren, hatte sie ihn nicht mehr singen gehört. Und sie liebte seine Stimme. Sie hatte die dunkle, weiche Stimme und die Neigung zu singen von ihm geerbt. Und die schwarzen Kirgisenaugen, die hatte sie auch von ihm. – Ihre Mutter sah vollkommen deutsch aus. – Und als er ihr das Rad blank geputzt und frisch geölt übergeben hatte, war er glücklich gewesen.

War diese ganze Geschichte mit dem Rad nun ein Betrug gewesen? Eine Lüge? Was ist das für ein Betrug, der so viele Menschen glücklich macht und niemandem schadet?

Die Finger ihres Vaters waren noch etwas ölig gewesen und der Lenker ein wenig verschmiert, als er ihn ihr in die Hand drückte. Und er hatte gelacht, und seine Kirgisenaugen hatten geglänzt und tief schwarz geleuchtet und …

Sie hatte die Höhe erreicht. Sofort ging es steil bergab. Sie ließ sich ein paar Meter rollen, dann zog sie beide Bremsen an, so heftig, dass sie nach vorn geworfen wurde, über den Lenker. Da hing sie und heulte.

Ist das bei allen Menschen so, dass Tränen solche Schmerzen machen, wenn sie aus den Augen laufen?

Sie wusste es nicht. Woher sollte sie das wissen? Sie konnte sich nicht erinnern, wann sie das letzte Mal geweint hatte. Vielleicht war bei ihren Augen der Tränenkanal inzwischen verkümmert? Oder verstopft. Und die Tränen mussten sich hinauskämpfen. So ungefähr fühlte sich das an. Sie wischte die Tränen nicht weg. Nur die Wunde an der Schläfe berührte sie mit einem Finger, und da war der Tränenschmerz bloß noch lächerlich. Da wusste sie wieder, was richtiger Schmerz war, und ihre Hände krallten sich fest um den Lenker, damit ihr das Rad nicht die Straße hinuntersauste und wirklich ein Unfallrad wurde.

So stand sie lange und ließ die Tränen laufen.

Aber auf dem Hügel, auf der Höhe hatte man einen guten Blick. Zwar gab es nichts zu sehen, aber viel zu ahnen. Links unten hinter dem Viertel mit kleinen Einfamilien- und ein paar Hochhäusern lag das Schulgelände. Da sollte sie hin. Sie schaute nach rechts. Wenn man dort durch den Wald fuhr und immer auf der Höhe blieb, war es nicht weit bis zu ihren kleinen bunten Freunden, 34 Islandponys, und einer davon …

Blesi, dachte sie, wie immer das jetzt ausgeht, ich will wieder Blesi reiten!

Und dann fiel ihr zwar immer noch keine Lüge ein, aber: Taggy! Wir haben Taggy in der ersten Stunde. Ich muss noch in der ersten Stunde ankommen. Taggy wird mir helfen. Dem fällt etwas ein. Taggy fällt immer etwas ein.
Sie fuhr durch die Straßen mit den kleinen Einfamilienhäusern, an den Hochhäusern und dem großen Spielplatz vorbei, musste noch einmal bergauf fahren und erreichte das Schulgelände. Alle Tore waren offen, obwohl jetzt niemand mehr ankam. Sie musste nicht absteigen, ließ das Rad die Rampe zum Fahrradkeller hinunterrollen und lenkte es zu ihrem gewohnten Abstellplatz. Jana und Theres hatten ihn für sie frei gelassen. Kurz empfand sie ein warmes Gefühl von Glück. Sie gehörte hierher, die anderen warteten auf sie, hier hatte sie ihren Platz. Daneben war Janas Rad. Am Lenker hing statt des Fahrradhelms ihre Reitkappe. Wahrscheinlich hatte sie den Helm mal wieder nicht gefunden. Alberta löste den Schnappverschluss ihres eigenen Helms, der völlig gewichtslos über ihrem Kopf schwebte. Sie spürte ihn überhaupt nicht. Auch der hatte einmal Theres gehört. Die hatte ihn verschenken müssen, als ihre Mutter in Stiftung Warentest las, dass er nicht mehr Testsieger war. Theres hatte einen neuen Helm bekommen, eben den Testsieger, und der hing jetzt ordentlich an der Lenkstange ihres neuen Rades, das nie einen Hang hinabgestürzt war.
Alberta schaute auf ihre Uhr. Noch 16 Minuten bis zum Ende der ersten Stunde. Sie sollte sich beeilen. Nun hatte sie kaum noch Zeit, sich eine Lüge einfallen zu lassen, nur noch den Weg durch den Fahrradkeller und durch drei Viertel der Pausenhalle. Sie schloss das Rad ab und nahm ihre Tasche vom Gepäckträger.

Felix?
Ja, er war da. Sein Rad stand mitten unter denen der anderen Jungen aus der 9a.
Was will Felix mit therapeutischem Reiten?, dachte sie. Wenn der sich nicht eingemischt hätte, wäre das alles nicht passiert.
Und sie verstand ihn nicht. Er hatte das wirklich nicht nötig. Er kriegte doch sowieso immer die besten Pferde unter den Hintern geschoben. Warum wollte er da mitmachen? Niemand macht so etwas freiwillig, oder? Sogar sie hatte ein bisschen Angst davor.
Die dicken Sohlen ihrer Sportschuhe machten kein Geräusch. Trotzdem war es ein wenig gespenstisch, allein durch die große Glashalle zu gehen, vorbei an Papierkörben, Bänken und unter den riesigen grünen Pflanzen in ihren eimergroßen Kübeln. Jana hatte den neuen Fünftklässlern erzählt, dass ein paar davon aus Plastik seien, und nun liefen die Kleinen in verregneten Pausen von Pflanze zu Pflanze, zwickten die Blätter an, suchten die künstlichen und fanden keine.
Lüge?
«Die müssen was zu tun haben, wenn es regnet», fand Jana, «dann rennen sie nicht so viel. Ich helfe dem Aufsichtslehrer.»
Alberta ging die Treppe hinunter. Ihr Klassenzimmer lag im Untergeschoss. Selbst bei Sommersonne gab es hier nur künstliches Licht. Zum ersten Mal seit Beginn dieses Schuljahres hatte sie das Gefühl, hier ins Unterirdische, in eine Schlucht, eine Falle zu laufen. Sie drückte die Glastür zum Vorraum auf, zog ihren Anorak aus und hängte ihn neben

die von Jana und Theres. Dann stand sie vor der Tür des Klassenzimmers. Dahinter war wieder Licht, das wusste sie doch. Da waren Fenster die ganze Südseite entlang, Blick auf den See. Ein Raum, den man gern haben musste. Nur, ohne eine glaubhafte Lüge wollte sie da nicht hinein. Sie klopfte. Sie hörte Taggys Stimme von innen, öffnete die Tür einen Spalt, blieb stehen. Sie trat einen Schritt zurück in das lichtlose Dunkel des Vorraums. Sie sah ihn besser als er sie. Seine Augen mussten sich erst an das Dunkel gewöhnen. Sie wartete, den Kopf hoch erhoben. Kein Verstecken, das war sinnlos. Sie sah, wie seine Augen sich dem dämmrigen Licht anpassten, sie sah es an dem Schrecken in seinem Blick.

«Mein Gott, Alberta», flüsterte er, «wie ist das passiert?»

Keine Tränen. Keine Lüge. Sie erzählte ihm die Wahrheit: der Streit mit dem Vater, eine Ohrfeige, weiter nichts, aber sie war mit dem Kopf auf die Tischkante gefallen. Und sie stellte eine Forderung: «Kommen sie mir jetzt nicht mit Jugendamt oder was. Er hat das nicht mit Absicht getan.»

«Aber er hat dich geschlagen?»

Warten. Zögern. Dann gab sie zu: «Ja.»

«Hm.»

«Aber das war nur Pech! Ich werde nicht misshandelt. Da brauche ich keine Hilfe. Sie sollen mir vor der Klasse helfen. Denen will ich das nicht erzählen.»

«Du gehst jetzt zunächst einmal ins Lehrerzimmer, lässt dich weiter vermitteln zu Frau Frick, die wird die Wunde waschen und entscheiden, ob das genäht werden muss.»

«Nein!»

«Willst du ein Leben lang da eine Narbe behalten?»

Alberta schloss die Augen. Das rechte tat dabei weh.

«Und was erzähle ich Frau Frick?», flüsterte sie.

Herr Taggert holte tief Luft.

«Also gut, zuerst die Klasse. Jana und Theres sollen es auch nicht wissen?»

«Nein.»

«Ich verstehe. Ich helfe dir. Also, wir lügen?»

«Genau.»

«Was soll ich erzählen?»

«Das ist es ja. Mir ist nichts eingefallen.»

«Sonst hättest du mich schon angelogen?»

«Ja – oder – ich weiß nicht – es ist nicht so leicht, Sie anzulügen.»

«Danke, das wollte ich hören. Also – kannst du nicht mit dem Rad gestürzt sein?»

«Hab ich auch schon gedacht. Aber dann kriegt Theres die Krise. Weil ich doch ihr Rad bekommen habe. Die denkt dann, es war wirklich ein Unfallrad. Das will ich nicht.»

«Ich verstehe.»

«Sie müssen etwas finden, dass die keine Fragen stellen. Gar keine.»

«Ich?»

«Mir fällt nichts ein.»

«Ah. Also ich.»

Herr Taggert lehnte sich an die Tür. Sie öffnete sich weiter. Alberta trat tiefer ins Dunkle.

«Du bleibst hier stehen», sagte er langsam. «Lass die Tür einen Spalt offen, das sieht man von innen nicht. Du musst mich hören, damit du weißt, was ich denen erzähle.»

«Und was?»

Herr Taggert warf einen Blick zurück in die Klasse.

«Ungefähr acht Meter», murmelte er, «es sind so acht Meter bis zum Lehrerpult. Bis dahin muss mir etwas einfallen.»

Er drehte sich um. Ging langsam zurück. Sehr langsam. Alberta konnte ihn durch den Türspalt nun nicht mehr sehen. Er hatte dann doch etwas mehr Zeit zum Denken: acht Meter plus Lärm in der Klasse. Er forderte nicht «Ruhe!», sondern wartete, bis die Schüler allmählich von selber still wurden. Dann begann er: «Also, Leute, das ist Alberta, die da gekommen ist, und die hat ein Problem. Ich hab sie zum Lehrerzimmer geschickt. Sie soll nicht hören, was ich euch jetzt sage.»

Super! Das war schon mal eine Lüge. Er lügt sich ein, er lügt sich warm, wie langsames Warmreiten am Beginn einer Reitstunde.

«Ihr wisst ja, dass Alberta nicht viel Geld hat. Aber was ihr vielleicht nicht wisst, ist, dass ihre Familie in Kasachstan eine ziemlich gute soziale Stellung hatte. Ihr Vater war Stationsvorsteher an einem Bahnhof. Das war schon was ...»

Das war schlecht! Alberta wurde ganz kribbelig. Das war doch die reine Wahrheit, was Taggy da erzählte.

«Ihr müsst also verstehen, wie ungewohnt und unangenehm es für Alberta ist, dass sie nun um jeden Cent kämpfen muss. Sie will nichts geschenkt. Also arbeitet sie. Und sie kann ja was! Sie kann zum Beispiel sehr gut mit Pferden umgehen.»

Die Wahrheit! Immer noch alles die reine Wahrheit.

«Ja, und niemand von uns wusste, nicht mal Jana und Theres, dass sie manchmal schon vor der Schule arbeitet. Bei einem Schmied. Hufe halten. Nicht auf deinem Ulmenhof, Jana, und nicht auf deinem Rappenhof, Theres, sondern in kleinen privaten Ställen. Und da ist heute Morgen ein Unfall passiert.»

Genial! Taggy ist genial!

«Das Pferd hat ausgeschlagen und Alberta an der Stirn getroffen. Sieht übel aus. Ist aber vielleicht gar nicht so schlimm. Viel schlimmer ist für Alberta, dass es überhaupt passiert ist. Sie ist nämlich sehr stolz auf ihre Fähigkeit, auch mit schwierigen Pferden umzugehen. Und darum möchte sie nicht darüber reden. Auch nicht mit Jana und Theres. Habt ihr verstanden? Fragt sie einfach – nichts!»

Taggy!, dachte Alberta. So einen Vater müsste man haben. Sie war nicht die Einzige, die sich das wünschte. Theres hatte das auch schon gesagt.

«Ich guck jetzt mal», hörte sie ihn sagen, «ob sie wirklich ins Lehrerzimmer gegangen ist. Das wollte sie nämlich nicht.»

Er kam zur Tür, schloss sie leise und öffnete sie laut. Er grinste Alberta an.

«Okay?», flüsterte er.

«Super! Danke!»

«Ich habe keine Ahnung, ob ein Pferd, das beim Schmied ausschlägt, einen an der Schläfe treffen kann.»

«Den Schmied schon.»

«Den, der die Hufe hält nicht?»

Alberta zuckte die Achseln.

«Wird schon gehen, hab ich noch nicht erlebt, aber wird schon gehen. Hauptsache, die fragen nicht. Danke. Dann geh ich jetzt zu Frau Frick.»

Sie schaute ihn noch einmal an, lächelte, wollte gehen.

«Wart mal», sagte er.

Und plötzlich sah er gar nicht mehr zufrieden aus.

«Ich bin ein schlechter Lügner», seufzte er. «Wenn du das der Frau Frick erzählst und wenn sie dich ins Krankenhaus schickt, weil das genäht werden muss, dann haben wir ein Problem. Wir und dein armer ahnungsloser Schmied, den es gar nicht gibt. Dann ist das ein Arbeitsunfall.»

«Shit», sagte Alberta.

«Wie kommen wir da raus?», überlegte er. «So ist das, wenn man einmal anfängt zu lügen. Du sagst der Frau Frick am besten die Wahrheit.»

«Nein!»

«Versprichst du mir, dass du zu mir kommst, wenn dein Vater noch einmal …»

«Ja.»

«Dann erzähl der Frau Frick was von Fahrradunfall. Und dass deine Freundinnen das nicht wissen sollen.»

«Gut.»

«Ich hoffe, du hast Glück und das muss nicht genäht werden.»

Sie hatte Glück. Nachdem Frau Frick die Wunde gewaschen hatte, sah man, dass es nur eine kleine Platzwunde war.

Und dann hatte Alberta sogar einen Grund, sich zu freuen: auf die 4. Stunde, Geschichte, das hieß: noch einmal Taggy. Am Morgen hatte sie nicht zur Schule gehen wollen und nun saß sie da mit einem Pflaster über dem rechten Auge und wünschte sich, dass diese Stunde niemals aufhören würde. Sie wollte nicht nach Hause. Als Taggy das Klassenzimmer verließ, konnte sie nur noch denken: Ich fahre nicht nach Hause! Ich – fahre – nicht – nach …

SO EINER 2

Jana und Theres hatten nichts gefragt!
Alberta schob das Rad die Straße hinauf. Sie hätte mit diesem Rad im 1. Gang die Steigung auch fahren können, aber warum sollte sie? Sie wollte nicht nach Hause. Also ging sie langsam, und ihre Gedanken sammelten alles zusammen, woran sie sich freuen konnte: Blesi in seinem fuchsroten Winterpelz, der sie nichts fragen konnte. Isa vom Rappenhof, die niemals dumme Fragen stellte. Aber auch Jana und Theres hatten sie nicht mit Neugierde genervt.
Das ist Freundschaft, dachte sie. Sie kümmern sich um mich, wenn ich sie brauche, und sie lassen mich in Ruhe, wenn ich nicht gefragt werden möchte.

Natürlich würde sie den beiden die Wahrheit sagen, nur jetzt ertrug sie das noch nicht, und die anderen in der Klasse würden nie etwas erfahren. Felix? Mit dem konnte man reden. Aber den würde sie zunächst selber etwas fragen, nämlich, wie er auf die absurde Idee gekommen war, beim therapeutischen Reiten helfen zu wollen.

Als sie die Höhe erreichte, musste sie sich entscheiden. Sie zögerte nicht, sie hatte die Entscheidung ja schon längst getroffen. Sie schwang sich auf das Rad und lenkte es nach links auf den Feldweg. Nach wenigen Metern ging es ein kurzes Stück steil hinab. Alberta stürzte sich in die Senke, ließ sich hinunterfallen, genoss den Wind, schüttelte ihre nur noch kinnlangen Haare, nützte den Schwung, als es ebenso heftig nach oben ging, musste sich dennoch anstrengen, schaltete nur bis in den 5. Gang herunter, fuhr im Stehen und hatte das Gefühl, dem ganzen Elend entkommen zu sein. Die Wunde an der Stirn, der Streit mit dem Vater, seine Wut, sein Verbot – alles war jenseits der Senke zurückgeblieben, da, wo die Straße geradeaus nach Hause führte. Hinübergerettet hatte sie ihre Sammlung von all dem, was ihr Freude machte.

Sie war auf diesem Feldweg völlig allein. Da niemand sie hören konnte, sang sie ein kleines russisches Lied und dachte keinen Augenblick daran, dass sie es mit einer Stimme sang, die der ihres Vater so sehr ähnlich war, nur eine Mädchenstimme eben, aber dunkel und volltönend wie seine.

Es wurde eine Freude-Sammelfahrt: Ihre Gedanken verwandelten das Geräusch der raschelnden Blätter unter den Fahrradreifen in den knatternden Viertakt töltender Islandpferde. Der Regen hatte aufgehört, und der weiterhin frische Wind schob immer mal wieder die Wolken von der Sonne, Novembersonne, selten genug. Sie schaute nach rechts in einen Weg, der schon zu ihrer Ausreitstrecke gehörte. Und links lag der Hang, den einmal dieses Rad hinabgestürzt war – das erzählte Theres, das behauptete Jana – Freundschaft! Man kann mit jedem Vater leben, wenn man solche Freundinnen hat. Und dann der Blick auf den Hof …

Da waren sie! Wahrscheinlich alle im Paddock. Welches Islandpferd geht im November in den Stall? Auch Don Pedro Calderón de la Barca und Federico García Lorca, die beiden weißen Andalusierhengste, standen draußen in ihrem eigenen Paddock und dösten in der Sonne. Alberta suchte Blesi. Er war einer der Kleinsten, vielleicht der Kleinste von allen, ein heller Fuchs mit Blesse, breit auf der Stirn und schmal auf der Nasenlinie – da, er zwickte den großen Mausfalben Gustur gerade in die Kruppe, das musste er sein, klein und frech und genauso lieb.

Alberta näherte sich dem Hof von hinten. Sie musste die Scheune umfahren und radelte über den weiten gepflasterten Platz. Rechts in dem Fachwerkhaus hielten Isa und Sven gerade ihre Mittagspause, sie würde nicht stören. Oder Sven war in der großen Scheune. Da wurde gearbeitet, denn aus der Scheune sollte eine Reithalle werden. Sie stellte das Rad vor dem Stalltor ab und öffnete die schwere Tür. An der Tafel neben dem Reiterstüble stand noch die Einteilung der Pferde für den Ausritt von gestern. Links die Krankenbox war leer. Svala, die verletzte schwarze Stute, war noch in Zürich in der Pferdeklinik.[1] Morgen oder übermorgen sollte sie

1 Die Geschichte von Svala kannst du in *Hufspuren 3: Vier Beine für Christina* lesen.

zurückkommen. Alberta kroch durch die Balken, die den Vorraum vom Stall trennten und ging in den Paddock. Vor ihr stand Isas kleine Stute Harpa, bunt wie kein anderes Pferd in dieser Herde, denn sie war ein Braunscheck mit schwarzer Mähne. Ausgerechnet Svens Fuchsschecke Kari ging hinter ihr vorbei, blieb stehen und knabberte an ihrem hellen Schweif. Für einen Augenblick würfelten die beiden fast alle Farben und Flecken der Schecken durcheinander: Weiß und Braun und Rot und Schwarz. Dann quietschte Harpa und Kari nahm Abstand von ihren Hinterbeinen. Blesi stand noch neben Gustur. Ob er auf sie zukommen würde? Sie verbreitete keine Aufregung, als sie durch die Pferde lief. Die Schlafenden blieben liegen, die Ruhenden dösten weiter, zwei Rappen stiegen und jagten sich. Gustur hatte Blesi den Biss in die Kruppe offenbar nicht übel genommen. Die beiden standen sich gegenüber und beknabberten sich gegenseitig den Widerrist.

«Blesi!», rief Alberta.

Sein linkes Ohr zuckte in ihre Richtung. Das war alles. Sie war ein wenig enttäuscht, schloss die Augen und holte tief Luft. Sie versuchte ihre Freude-Sammlung bis tief in die Lungen zu atmen.

Festhalten, dachte sie, ich geb das nicht her.

Aber an ihrer rechten Schläfe pochte der Schmerz, und seit wann die Wolken wieder die Sonne verdeckten, wusste sie nicht.

Ich will ein Pferd, dachte sie, kein eigenes, Unsinn, ich will nur, dass es mich mag, und es soll auf mich zukommen, wie Bjalla immer zu Theres gegangen ist.

«Blesi!», rief sie.

Aber da zuckte nicht einmal mehr ein Ohr. Blesi hatte keine Zeit für sie.

Ich hab doch Glück!, redete sie sich ein. Ich darf ihn immer mal wieder reiten, und ich darf immer hier sein, nein, darf ich nicht mehr, doch, tu ich doch, aber ich will, dass er mich gern hat – Theres hat auch kein Pferd mehr, aber immer noch einen Hund, und Jana – [2]

Sie drehte sich um und ging zurück durch den Stall.

Vielleicht sollte ich mal in eine Disco gehen, dachte sie. Wenn er sich sowieso schon aufregt – wegen Felix, Himmel! –, dann kann ich ihm auch einen Grund geben und gleich in eine Disco gehen. Ich bin vierzehn und ich bin jetzt *hier*. Die anderen Mädchen haben mit vierzehn wirklich einen Freund. Vielleicht hat Irina ja recht. Es kommt vor, dass ältere Schwestern recht haben. Aber doch nicht Felix! Dieses Kind! Dieses blonde Mädchengesicht. Wenn er nicht so große Hände und Füße hätte, würde man ihn glatt für ein Mädchen halten.

Alberta schaute wieder auf die Tafel, auf der noch die Pferde für den Sonntagsausritt eingetragen waren. Blesi war also gestern im Gelände gewesen, und heute war er mit Sicherheit auch eingeteilt, sie würde ihn also nicht reiten dürfen. Unter der Tafel stand das Regal, in dem Isa und Sven immer alle Fundsachen aufbewahrten: eine Reitkappe, zwei Gerten, eine Trinkflasche und ein mit einem Stein beschwertes Stück Papier, dazu ein weiterer Zettel, auf dem stand: «Alberta?» Sie faltete das Blatt auseinander, aber darauf war nicht ihre Schrift, sie las:

2 Was mit den Pferden von Theres und Jana geschehen ist, erfährst du in den ersten drei Bänden der *Hufspuren*.

Bleikálóttur – Fifilbleikur – Halastjörnott –Vindott – Steingrár – Hvitur – Stjörnótt – Albinói …
Woran erinnerte sie das? Natürlich! Natalie! Vor zwei Wochen, beim Reitkurs war die dabei gewesen, hatte sie alle genervt, hatte aus Sven lauter isländische Wörter für Pferdefarben und Namen gequetscht und dauernd etwas aufgeschrieben.[3] Nun war sie wieder verschwunden. Niemand vermisste sie. Auf dem Ulmenhof, wo Jana noch immer ihre geliebten Großpferde ritt, war sie auch nicht wieder aufgetaucht. Das hätte Jana mit Sicherheit und mit schnaubender Empörung erzählt. Aber irgendwo hatte Natalie eine Gelegenheit zu reiten. Egal! Völlig egal, wo Natalie ritt, wenn es nur nicht hier war. Alberta wollte den Zettel zurücklegen, aber ihre Augen blieben an den seltsamen isländischen Buchstaben und Silben hängen. Gar nicht so verkehrt von Isa, zu glauben, dass dies ihr gehöre. Auch ihr gefielen die isländischen Wörter.
Den Zettel in der Hand und murmelnd: «Raud Breidblesóttur – Fuchs mit breiter Blesse …», ging sie zurück zu der Herde.
So viele Worte für Pferdefarben! So viele eben, wie Isländer Farben haben. Das waren Worte wie Zaubersprüche, magische Formeln, Beschwörungen von Glück, Trab und Licht, von Spaß, Tölt und Wind, von Genuss, Galopp und sprühender Lebensfreude. Ein Pony kam auf sie zu. Dunkle Augen blickten durch die hellen Strähnen eines schneereifweißen Schopfes. War das Hrimfaxi, Reifmähne? Oder war es Vindfaxi, Windmähne? Auf jeden Fall einer von den beiden Faxis.

3 Was bei diesem Reitkurs geschah, wird in *Hufspuren 3: Vier Beine für Christina* erzählt.

Der Windfarbene mit dem eisendunklen Körper schnaubte ihr ins Gesicht.
Hrimfaxi? Nicht Blesi?
Vielleicht suchen Pferde sich ihre Menschen selber aus? Aber es würde mindestens ein Jahr dauern, bis sie den reiten durfte. Er war nicht gerade ein Anfängerpferd. Und er war sehr beliebt bei den fortgeschrittenen Reitern. Sie spielte mit den Strähnen seiner hellen Reifmähne und wartete auf den Knacks, auf den Kick, wartete auf das Gefühl, dass ihr dieses Pony mehr bedeutete als die Schecken, Rappen, Falben …
Es muss nicht unbedingt Blesi sein, dachte sie. Es ist gar nicht Blesi.
Eigentlich hatte sie noch nie ein richtiges Lieblingspferd gehabt. Der Gedanke schmerzte wie die Wunde an der Stirn. Gern hatte sie alle, aber keines hatte sie vor allen geliebt.
So ist es, dachte sie, und so ist es mit mir auch. Ich bin nur so nebenbei. Jana und Theres sind schon meine Freundinnen, aber Theres leidet furchtbar darunter, dass Jana auf dem Ulmenhof bleibt, und sie freut sich nur ein bisschen darüber, dass ich mit ihr hier bin.
Auch diese Erkenntnis tat weh. Und Felix? Immer vergaß sie Felix. Sie mochte ihn sehr, ungefähr so, wie sie alle diese Pferde mochte, aber keines mehr als die anderen, auch nicht Blesi. Und Hrimfaxi war inzwischen gegangen.
Er hat nur vorsichtig gefragt, ob er ein Leckerli haben könnte, verstand sie, er ist nicht zu mir gekommen.
Sie faltete den Zettel zusammen und ging zurück durch den Stall. Kater Isidor kam ihr mit einer Maus entgegen. Der kleine graue Tiger war immer auf Jagd.

Ich will ein Lieblingspferd, dachte sie, das brauche ich jetzt. Sofort!

Unter dem Pflaster auf ihrer Stirn spannte das verkrustete Blut auf ihrer Haut.

Sie beschwerte den Zettel wieder mit dem Stein im Fundregal und verließ den Stall. Sie nahm ihr Rad, jetzt konnte sie nur noch nach Hause fahren. Das hätte sie gleich tun sollen. Es würde Ärger geben. Und hier war nichts für sie zu tun. Wenn sie hier keine Arbeit hatte, wartete niemand auf sie.

Sie fuhr nicht wieder durch den Wald zurück, sondern ihre gewohnte tägliche Strecke zwischen Haus und Stall. Sie fuhr schnell und blickte starr geradeaus. Dabei sieht man natürlich nicht viel von dem, was rechts und links in den Feldern passiert. Sie schaltete in den oberen Gängen herum, sie suchte einen Widerstand, damit sie fest zutreten konnte, voller Wut. Aber die schmale Straße war eben, und je wütender sie in die Pedale trat, desto schneller wurde sie. Sie flog dahin über Erdbollen, platt gewalzt von Autos, erst vor zwei Wochen war das Maisfeld abgeerntet worden. Sie raste auf eine sanfte Kurve zu, die war kein Problem, auch nicht bei diesem Tempo, und Autos fuhren hier erst am Nachmittag, wenn die Reitstunden begannen. Niemand überholte sie, niemand kam ihr entgegen, nur rechts von ihr wieherte etwas im Feld.

Bremsen!

Vorsicht! Erst das Hinterrad. Hatte Theres ihr eingeschärft: Bremsen immer erst rechts. Noch machte Alberta das nicht automatisch. Ihr Sperrmüll-Klapperrad war ein altes Fünfgang mit Rücktritt gewesen. Und Vorsicht! Die Erdbollen.

Sie stand. Sie schaute nach rechts. Mitten im abgeernteten Maisfeld schnaubte ein Pony. Sie erkannte es sofort. Die fünf Schecken vom Rappenhof hatte sie auswendig gelernt wie ein Gedicht:

Da ist Harpa, die dreifarbene Harfe,
Isas Dreiklang,
schwarz und weiß und kastanienbraun.

Da ist Kari Apfelsinenscheck,
Svens heller Passer,
fast weiß, nur der Kopf ist fuchsrot und ein paar Orangen geschüttet übers Fell,
auf der Kruppe ein Kürbis, Herbstgold im Schnee.

Und Sokki, der Schwarze mit Socken,
eher Strümpfe bis hoch übers Knie
und ein weißer Streifen in der Mähne,
mittendrin.

Und Skessa, die Sanfte in Schwarz und Weiß,
schnurdünn und gerade die Blesse im schwarzen Kopf,
Schach würde mein Bruder spielen auf ihrem Fell.

Und der da mitten im abgeernteten Feld war Skuggi, das frechste, unverschämteste, gefräßigste Pony vom ganzen Hof. Skuggi, der Raufer, Rempler, Randalierer. Skuggi, der schon als kleines Fohlen seinen Namen geklaut hatte. Das zumindest behauptete Sven. Denn «Skuggi» bedeutete «dunkles Pferd», und er war ein eher heller Schecke.

«Die wollten ihn ‹Thokki› nennen», hatte Sven behauptet, «das heißt ‹der Brave›. Da hat Skuggi vom nächsten Fohlen, das mit ihm über die isländischen Buckelwiesen lief, den Namen geklaut. Denn was immer man gegen ihn sagen kann, ehrlich ist er, und kein Name konnte weniger zu ihm passen als Thokki. Aber das andere Fohlen war ein Rappe.»

Skuggi, der Ausreißer.

Er merkte immer sofort, wenn auf dem Elektroband mal aus irgendeinem Grund kein Strom war. Wahrscheinlich ging er alle halbe Stunde kontrollieren.

Ich muss ihn zurückbringen, dachte Alberta, sofort!

Er schaute sie an, den dunklen Kopf mit der schmalen Blesse hoch erhoben, aus seinem schwarzen Schopf spitzten die Mondsichelbogen seiner Ohren, karamellfarben mit einem dunklen Rand wie Bitterschokolade.

Mondsichelohren – Alberta hatte einiges darüber gelesen. Bettina, die Reitlehrerin vom Ulmenhof, auch. Denn da hatten sie auch so einen, den schönen großen Troilus mit dem fliegenden Trab, den Glückskauf, der mehr verrückte Einfälle in seiner Pferdestirn hatte, als in einen ausgewachsenen Elefantenkopf passten.

Skuggi und Troilus, dachte Alberta, das ist die weltweit vollständigste Sammlung von durchgeknallten Pferdeideen. Und wie komme jetzt ich an eine Idee, die ihn austrickst? Wie kriege ich ihn da weg?

Er scharrte mit dem linken Vorderbein, das halb schwarz und halb weiß war. Feuchte Erdbollen klatschten gegen seinen hellen Bauch.

Wie viele Maiskolben entgehen einem Maishäcksler und bleiben auf dem abgeernteten Feld liegen? Wie viele davon

hat der Schecke Nimmersatt gefressen? Wie viele kann ein Pony fressen, bis es eine schmerzhafte – gefährliche – tödliche – Kolik bekommt?
Das alles wusste Alberta nicht. Doch eines war ihr klar: Sie musste verhindern, dass er auch nur einen einzigen Maiskolben mehr fraß. Jeder weitere konnte der tödliche sein.
Scheiße!, dachte sie. Sagte sie nicht, aber dachte sie.
«Mist!», sagte sie. Üblere Schimpfwörter waren in ihrem Elternhaus Frauen und Mädchen nicht erlaubt. «Warum habe ich nicht mal ein Geiz-Schrott-billig-Handy?»
Sie holte tief Luft. Ihre immer zu engen Jeans spannten sich bis zum Platzen, einen Gürtel hatte sie nicht, kein Band, keine Schnur.
Jetzt könnte ich die Zopfschleifen brauchen, dachte sie und musste trotz allem grinsen. Noch vor wenigen Monaten hätte sie jetzt die von der Mutter vierfach gebundenen weißen Schleifen aus den Zöpfen gezogen … hätte die Bänder zusammengeknotet und um Skuggis Hals geschlungen, hätte den schachbrett-karierten Rappscheck am Seidenband zum Hof zurückgeführt …
Aber ihre Haare flatterten kinnlang im feuchten Novemberwind. Die verhassten Schleifen lagen gebügelt in der Kasachstan-Erinnerungsschublade ihrer Mutter. Es war das erste Mal, dass Alberta sie vermisste. Vielleicht hätte Skuggi sich wirklich damit führen lassen. Denn im Umgang mit Menschen war er zwar frech, aber niemals aggressiv. Auch ein anderes Pferd hatte er bei seinen ständigen Raufereien noch nie verletzt. Langsam, eine Hand ausgestreckt, ging sie auf ihn zu. Er lief nicht weg, kam ihr sogar ein paar Schritte entgegen.

Er ist satt, dachte sie erschrocken.
Skuggi – satt, das konnte nicht weniger als lebensgefährlich sein. Sie streichelte seine dunkle Nase. Zwei Maiskörner klebten in seinem linken Maulwinkel. Sie trennte die weißen von den schwarzen Haaren seiner Mähne kurz hinter den Ohren, dann fasste sie ihn am Schopf.
«Komm!»
Fast alle Isländer des Hofes ließen sich so führen. Er folgte ihr ein paar Meter, dann warf er den Kopf hoch und schüttelte ihn.
Er ist nicht satt, jubelte Alberta. Er hat vielleicht nur einen Maiskolben gefressen. Oder zwei. Aber er muss hier weg, er darf nicht noch mehr …
Sie legte die gewölbte rechte Hand unter sein Kinn. Manche Ponys konnte man so führen. Wieder folgte er ein paar Schritte. Dann überholte er sie, drehte sich um, schob von vorn sein Maul gegen ihr Gesicht, streifte mit den Nüstern sanft die Wunde am Auge. Das tat kaum weh, und sie spürte seinen warmen Atem auf der Stirn. Sie wäre gern mit ihm hier stehen geblieben. Aber er musste da weg! Noch einmal versuchte sie, ihn zu führen. Am Kopf. Vergebens. Am Kinn. Auch nicht.
Dann muss ich schnell sein, dachte sie.
Sie rannte über das Feld. Bei jedem fünften Schritt trat sie auf einen Maiskolben.
Maishäcksler!, schimpfte sie. Was für eine Verschwendung in diesem Land.
In Kasachstan hatten abgeerntete Felder nach einer Woche anders ausgesehen. Sie riss das Rad vom Wegrand, schaute über die linke Schulter zurück. Hatte er schon wieder einen

Maiskolben im Maul? Aber sie konnte ihn gar nicht sehen. Sie musste sich fast ganz umdrehen. Da stand er schräg hinter ihr. Noch einmal legte sie das Rad weg und versuchte, ihn zu führen, aber er ging nicht mit. Also, schnell sein! Immerhin, da am Rand des Feldes sah sie keine Maiskolben. Sie jagte zurück zum Stall.

Hufschlag hinter ihr. Der rasche Viertakt eines klaren Tölters. Und als sie den Kopf wandte, überholte sie die schwarz und weiß flatternde Mähne. Schneller! Sie trat in die Pedale, hatte die Schaltung vergessen, erreichte sein Auge, sein linkes Auge dunkel unter schwarzem Haar. Ihr wurde schwindlig, als sie nach unten blickte auf seine in schnellem Rhythmus hochgerissenen Beine, weiß das rechte, zur Hälfte schwarz das linke. Sie fuhren und liefen ein Kopf-an-Kopf-Rennen. Doch hier ging es nicht um einen Sieg, hier ging es nur um Freude. Sie lachte, er schnaubte.

Als sein knatternder Hufschlag über den gepflasterten Hof hallte, kam ihnen Isa entgegen. Alberta bremste. Skuggi ging Schritt. Nun nickte sein dunkler Kopf neben ihr in der Schrittbewegung. Er war völlig entspannt und schnaubte leise. Es war mehr ein Schnorcheln. Wenn sein Kehlkopf nur ein klein wenig anders gebaut gewesen wäre, hätte er wahrscheinlich gekichert oder gelacht. Sie fuhren und gingen bis zu Isa und hielten dort beide. Etwas Warmes lief über Albertas rechte Schläfe und da erst fühlte sie den Schmerz. Die Wunde war unter dem Pflaster wieder aufgebrochen. Bevor sie in Isas verwundertes Gesicht schaute, drückte sie den Kopf in Skuggis Mähne, da wo das Schwarz aufhörte und das Weiß begann. Sie wollte berichten, war aber völlig außer Atem. Von dem kurzen

Sprint auf ebener Straße konnte das nicht kommen. Sie hatte das Gefühl, auf einem Fabelwesen durch Wolken geritten zu sein. «Der Reiter ist der Sonne näher» war einer ihrer Lieblingssprüche. Den hatten Jana, Theres, Felix und sie vom Ulmenhof hierher zu den Islandpferden gebracht. «Rundumbeschlag» hatte man sie vier dort genannt, weil sie alle immer so zuverlässig in dieselbe Richtung klapperten wie die Hufe eines rundum beschlagenen Pferdes. War jemals ein Reiter der Sonne näher gewesen als Alberta neben Skuggi unter grauem Novemberhimmel auf Theres' sogenanntem «Unfallrad»? Sie schluckte, holte tief Luft, offenbar hatte sie das bei ihrem Wolkenritt vergessen. Skuggi war dabei anscheinend auf dem Boden geblieben. Er bewegte Ober- und Unterkiefer gegeneinander, und sie sah die beiden Maiskörner in seinem linkem Mundwinkel verschwinden.

«Ich hab ihn im Maisfeld gefunden!», platzte sie schließlich heraus. «Er hat Mais gefressen. Isa! Wird er eine Kolik kriegen?»

Isa schwieg einen Augenblick, dann sagte sie:

«Dieser Tierarzt hier, der Dr. Wegener, der Svala behandelt hat und bei dem Felix immer jobbt, der macht doch auch Homöopathie, oder?»

Alberta nickte.

«Ich werde ihn anrufen», entschied Isa, «Vielleicht kann man da was vorbeugen. Ich wollte das immer lernen. Danke, dass du ihn zurückgebracht hast. Aber – wie hast du das geschafft?»

Alberta war inzwischen auf dem Boden angekommen. Es war wieder November und der Himmel war grau. Sie beugte sich noch mehr nach rechts, bis das Pflaster ganz in Skuggis Mähne verschwand. Die war an dieser Stelle weiß.

«Ich hatte kein Halfter, keinen Strick und nichts», erklärte sie, «und ohne ließ er sich nicht führen. Da wollte ich euch holen und da, ja, er ist einfach neben mir hergelaufen.»

«Komisch», murmelte Isa.

«Ist der Elektrozaun kaputt?», wollte Alberta wissen.

Isa schüttelte den Kopf.

«Seit gestern geht er auch durch den Zaun, wenn Strom drauf ist. Sven wird einen neuen Paddock bauen, ganz mit Holzzaun. Wir müssen sowieso ein paar Ponys in einer Extra-Gruppe halten. Die husten schon wieder, die müssen weg vom Stroh. Da kommt er dann eben zu den Stauballergikern. Ist auch besser für ihn, weil er doch zu viel Stroh frisst. Sobald das Holz geliefert ist, kann Sven anfangen. Und solange muss Skuggi jetzt in die Krankenbox, tut mir leid, aber sonst haut er wieder ab.»

«Hast du was von Svala gehört?», fragte Alberta.

«Ja, Herz und Kreislauf sind stabil. Sie kommt in den nächsten Tagen zurück. Dann muss sie in die Krankenbox. Mal sehen, was wir dann mit diesem Mondsichelschlitzohr hier machen.»

Svala war erfolgreich operiert. Um die kleine schwarze Stute musste Alberta sich jetzt keine Sorgen mehr machen, aber Skuggi … Doch die Angst erreichte sie nicht. Auch der Streit mit dem Vater hatte sich – so schien es ihr – nicht heute Morgen, sondern in ferner Vergangenheit oder Zukunft oder überhaupt nicht ereignet. Sie bemerkte kaum, dass wieder etwas Warmes feucht neben ihrem rechten Augen herunterlief. Es war etwas geschehen.

Und sie konnte nichts anderes denken als: Ich habe einen Pferdefreund!
Es war ihr vollkommen gleichgültig, dass ihr dieses Pferd nicht gehörte und niemals gehören würde. Und es war ihr auch egal, dass sie es so bald nicht würde reiten dürfen. Sie empfand in diesem Augenblick nur eines: seine Nähe.
«… fange ich an, das vorzubereiten», hörte sie Isas Stimme, «so um drei. Schaffst du das?»
Alberta drückte die rechte Gesichtshälfte tiefer in Skuggis Mähne.
«Ich weiß nicht», flüsterte sie.
«Wie?»
«Ich weiß es noch nicht.»
«Zu viele Hausaufgaben?»
«Nein. Das ist es nicht … Isa … ich …»
«Probleme? Komm, los, Alberta, sag's!»
Aber Alberta sagte nichts. Sie dachte: Isa ist meine Freundin. Sie ist fast zwanzig Jahre älter als ich. Trotzdem. Jana und Theres sind super, aber – Jana – was weiß denn die? Was kann man wissen, wenn man so einen Vater hat? Und Theres? Die weiß schon eher was, ja, aber Vertrauen habe ich zu Isa.
Sie nahm den Kopf aus Skuggis Mähne und wandte das Gesicht mit der wieder blutenden Wunde Isa zu. Da wurden deren graue Augen größer und merkwürdig dunkel.
«Ahh», sagte sie, «ich verstehe.»
Beide schwiegen eine Weile. Dann sagte Isa: «Was ich nicht verstehe, ist: Warum? Ich habe dir doch kein – eh, Almosen nennt dein Vater das, ja? – ich habe dir doch kein Almosen aufgedrängt. Ich hab dir einen Job angeboten. Du arbeitest

und kriegst dafür Reitstunden. Das müsste doch für ihn okay sein.»

«Ja, aber nicht, was ich arbeite.»

«Kapier ich nicht.»

«Depperte. Doofe.»

Isas Augen wurden noch dunkler. Bevor ihr Zorn ausbrach, versuchte Alberta, ihren Vater zu verteidigen oder wenigstens von dem Gedanken abzulenken.

«Und weil da ein Junge ist. Und er will nicht, dass ich was mit Jungs zu tun habe.»

«Ein Junge?»

«Felix.»

Isa lachte. Es war ein Lachen, das mehr wie ein Husten klang.

«Du musst dich durchsetzen!», sagte sie fast hart.

«Ich weiß.»

Alberta drückte noch einmal das halbe Gesicht in Skuggis Mähne. Die war an dieser Stelle nun ganz rot.

«Oh», sagte Isa erstaunt, «ich fange an zu verstehen. So einer ist das …»

«Mein Vater?»

«Nein, Skuggi.»

«Wie Skuggi? Was für einer ist Skuggi?»

«Weiß nicht. Ich weiß nicht genau, aber wir hatten schon mal so einen.»

«Isa, bitte, kannst du dich etwas verständlicher …»

«Ich erklär dir das später, aber es könnte sein, dass Skuggi … wir haben ihn noch nicht so lange. Fahr du jetzt nach Hause, du kriegst Ärger genug, und ich erwarte dich um drei.»

Sie ging die paar Schritte zum Stall. Da hing ein Halfter. Als sie es Skuggi anlegte, streichelte sie den roten Fleck in der Mähne.

«Du darfst keine Kolik kriegen», sagte sie. «Wir brauchen dich. Sehr!»

Alberta wendete das Rad.

«Um drei!», rief sie zurück. «Ich bin da.»

DER TEPPICH «ZUHAUSE» 3

Alberta fuhr zum Schuppen des schon lang nicht mehr bewirtschafteten Bauernhofs. Dort wohnte sie mit ihrer Familie nun seit drei Jahren in dem heruntergekommenen Haus, und alle Winter waren kalt. Wohnungen, die ihnen von der Stadt angeboten wurden, waren zu teuer, und den Käufern oder Maklern, die sich für diesen Hof bis jetzt interessiert hatten, war die Bausubstanz zu schlecht und das Ganze zu verfallen gewesen. In all dem Grau und Braun und Graubraun von altem Holz und abblätterndem Putz eines vernachlässigten Fachwerks war ein großer pinkrosafarbener Fleck. Irina hatte ihre Erdbeereis-Version von Fiat Panda an der besten Stelle des Schuppens geparkt. Niemand machte ihr diesen Platz streitig, denn der Panda war das einzige Auto der Familie.

Irina war da!

Und es ging schon auf zwei, da durfte man sie wecken, wenn sie Nachtschicht hatte. Alberta würde mit dem Vater nicht allein sein. Ihre Brüder waren keine Hilfe, aber die Schwester hielt immer zu ihr. Und Irina war stark, denn sie hatte einfach Glück gehabt. Vor vierzehn Jahren, als die Eltern in Kasachstan Alberta diesen Namen gegeben hatten, war ihnen natürlich nicht bewusst gewesen, dass in Deutschland kein Mädchen so hieß. Als «Irina» konnte man hier dagegen sehr gut leben.

Alberta schob das Rad weiter in den Schuppen und lehnte es sorgfältig so an die Wand, dass es auf keinen Fall gegen den Panda fallen konnte. In ihrem Rücken spürte sie eine Veränderung. Verunsichert drehte sie sich um. Was war heute Morgen, als sie hier mit dem schmerzenden Kopf und dem üblen Blutgeschmack im Mund das Rad geholt hatte, noch anders gewesen? Aber da hatte sie nichts gesehen, weil es vollkommen dunkel war. Der Panda hatte schon dort gestanden. Irina fuhr nach der Nachtschicht immer sofort nach Hause. Das Auto hatte noch ein wenig Wärme abgestrahlt. Auch jetzt war es im hinteren Teil das Schuppens dunkel. Hier gab es kein Licht. Die Gartengeräte hingen ordentlich an der Wand. Wenn sie eines davon brauchten, mussten sie Schaufel oder Rechen ertasten. Albertas Augen gewöhnten sich an das Dunkel. Sie ging ein paar Schritte weiter nach hinten. Da stand diese alte Kiste. Die war voll mit verrotteten landwirtschaftlichen Geräten, die Anton schon längst zum Schrotthändler bringen wollte, aber der Vater sagte, das gehöre ihnen nicht. Die Kiste hatte nie einen Deckel gehabt. Jetzt war sie verschlossen. Ein richtiger Deckel war das nicht. Nur ein aus rohen Latten grob zusammengenageltes Brett war über die Kiste gelegt. Alberta verließ den Schuppen. Die alte Kiste ging sie nichts an.

Vor dem Scheunentor traf sie ihren älteren Bruder. Anton beachtete sie nicht. Er hatte seine drei blitzenden, bestens gepflegten Messer in der Hand und warf sie – zack, zack, zack – auf das Tor. Die Klingen steckten zitternd in den Hölzern, die um einen Halbkreis strahlenförmig nach außen strebten. Vor langer Zeit war dies einmal ein prachtvolles Tor gewesen. Anton zog die Messer aus dem Holz.

«Was soll ich treffen?», fragte er, ohne sich zu ihr umzudrehen. «Pass auf, ich werfe ein Dreieck in die Fläche da!»

Alberta hängte sich den Schulrucksack über die linke Schulter.

«Mit drei Messern kann man nicht viel was anderes als ein Dreieck werfen», sagte sie. «Habt ihr den Herd angestellt?»

«Eine Linie», schlug ihr Bruder vor. «Oder ein gleichseitiges Dreieck.»

Und zack, zack, zack vibrierten die Messer unten im Tor in der halbrunden Scheibe, von der wie bei einer aufgehenden Sonne die hölzernen Strahlen ausgingen.

«Immerhin», stellte Alberta fest, «du scheinst zu wissen, was ein gleichseitiges Dreieck ist. Das ist ausbaufähig. Kannst du diese Fähigkeit nicht sinnvoller einsetzen?»

Anton zog ein Messer aus der Sonnenscheibe, ließ es in den Händen wippen. Er war sechzehn. Vor mehr als einem Jahr hatte er mit einigermaßen guten Zensuren die Hauptschule abgeschlossen, aber keine Lehrstelle bekommen.

«Halt dich da raus und kümmere dich lieber darum, dass wir was zum Essen kriegen», sagte er.
Endlich drehte er sich um. Er starrte sie an.
«Hat dich ein Gaul geküsst?», fragte er und grinste. «Du warst doch bestimmt wieder bei deinen Gäulen. Mit was anderem treibst du dich ja nicht herum. Immerhin hat dich schon mal ein Gaul geküsst. Das ist ausbaufähig.»
«Wenn du ein bisschen übst», sagte sie, «du hast ja Zeit, dann kannst du dich bei einem Zirkus bewerben.»
Durch seine Augen zuckte Wut und seine rechte Hand schloss sich um das Messer. Dann änderte sich der Ausdruck seines Gesichtes. Es war etwas Weiches darin, seine Unterlippe zitterte, als er nicht mehr in ihre Augen, nur noch auf die Wunde schaute.
«Ich verstehe», sagte er.
Anton war blond wie die Mutter. Von der asiatischen Großmutter hatte er nichts geerbt. Er war jetzt schon größer als sein Vater. Seine Beine waren viel länger, als man durch die Skaterhosen auch nur ahnen konnte. Der Hosenboden hing ihm fast bis in die Kniekehlen, die Säume waren zertreten, und er durfte seine Schuhbänder schon viel länger offen tragen als Alberta ihre Haare. Hätte er nicht immer zugeben müssen, dass er «Anton» hieß und hätte sein hartes «r» nicht mit jedem Satz verraten, dass er einmal russisch gesprochen hatte, er hätte in die Gangs der Jungen dieses Landes gepasst wie ein sauber ausgestanztes Teil von einem Puzzle-Spiel.
«Tut es weh?», fragte er.
Der Lärm am Morgen … Sie hatten ja beide geschrien, nicht nur der Vater, auch Alberta, das musste Anton geweckt haben, nun zählte er sich zusammen, was geschehen war.

«Jetzt nicht mehr», sagte sie und ging ins Haus.

Ob Irina auch wach geworden war?, überlegte sie.

Aber das Zimmer, das sie sich mit ihrer Schwester teilen musste, lag noch ein Stockwerk höher, und wenn Irina von der Nachtschicht kam, legte sie sich immer mit Kopfhörern ins Bett. Sie brauche eine Schicht Lärm zwischen dem Altenheim und ihrem eigenen Leben, sagte sie.

Als Alberta das Haus betrat, roch sie Knoblauch und Speck und hörte das Gebläse des Umluftherdes. Immerhin, da hatte also jemand zur richtigen Zeit am richtigen Kopf gedreht. Wenn die Mutter über Mittag arbeitete und Irina Nachtschicht hatte, war Alberta für das Essen verantwortlich. Gestern hatte die Mutter den Auflauf schon in den Herd geschoben. Alberta warf einen Blick in die Wohnküche. Der Tisch war gedeckt.

Wer?, dachte sie. Sowohl ihr Vater als auch Anton berührten Teller eigentlich nur, um sie in die Tischmitte Richtung Fleischtopf zu schieben. Wer hatte den Tisch gedeckt?

Doch da es nun nach Essen roch, fiel ihr Skuggi wieder ein. Wie viel Mais hatte er gefressen? Ob sie Isa anrufen könnte? Nein! Es war noch nicht einmal eine halbe Stunde her, dass sie den Hof verlassen hatte. Sie ging ins Wohnzimmer. Da saß ihr Vater mit Jakob und half ihm bei den Hausaufgaben. Jakob hob den Kopf und schaute sie etwas ängstlich an. Sie lächelte und nickte ihm zu. Ihm musste sie nichts erklären. Er hatte den Streit am Morgen mitbekommen. Der Vater saß mit dem Rücken zur Tür und drehte sich nicht um.

«Hallo», sagte sie etwas heiser.

«Du bist spät», sagte er.

Sie antwortete nicht. Mitten auf dem Teppich lag Jakobs

Hockeyschläger. Er hatte sich für die Schulmannschaft gemeldet und hielt den Hockeyschläger seitdem immer in seiner Sichtweite. Alberta hatte ihn mehrmals auf diesem Teppich liegen sehen, und das hatte sie jedes Mal sehr irritiert. Das untere gebogene Ende des Schlägers wiederholte und vergrößerte einen Teil des Bordürenmusters auf dem Teppich. Es sah aus, als hätte jemand mit einer Lupe oder einem Fernglas einen winzigen Ausschnitt des Teppichs von weit her ganz nah herangeholt. Zu nah! Viel zu nah! Das war größer geworden, als Alberta es ertragen konnte.

Der Teppich war das Einzige in ihrer Wohnung, das sie aus Kasachstan mitgebracht hatten. Alberta liebte und hasste ihn. In ihren ersten Monaten in Deutschland war sie immer, wenn jemand sagte: «Nach Hause» oder «Zu Hause» sofort in dieses Zimmer gerannt und hatte sich auf den Teppich gesetzt. Oder gelegt. Das Blau und das Rot rochen noch lange nach etwas, das einmal «Zuhause» gewesen war. Aber dann hatte sie erleben müssen, wie innerhalb weniger Monate aus ihrem kostbaren Buchara-Teppich ein abgetretener Lumpen wurde. Der Teppich war alt. In Kasachstan waren echte Teppiche alt. Was an neuer Ware entstand, wurde verkauft. Sie fand es wieder in den Häusern aller Mädchen, mit denen sie Freundschaft schloss. Alle Möbel dieses Zimmers – aussortiert aus fremden Haushalten und ihnen zugewiesen – schienen wertvoller, teurer, waren neuer als der Teppich. Und allmählich hatte Alberta angefangen, den Teppich zu hassen. Sie waren doch in Kasachstan nicht arm gewesen! Und da lag dieser Teppich und behauptete mit seinen ausgeflockten Rändern und der abgetretenen Spur quer durch das Buchara-Muster, dass der kostbare Besitz aus ihrer alten Heimat hier nichts wert war. Längst hatte man ihnen andere Teppiche angeboten, aber der Vater hatte beharrlich abgelehnt. Solange dieser Teppich hier lag, hatte Alberta Angst vor Besuch. Hier arm sein, das war schlimm genug. Aber zugeben müssen, dass man in der alten Heimat auch arm gewesen war – zumindest wenn man mit hiesigen Augen von Westen so weit nach Osten schaute –, das ertrug sie nicht.

«Ich wecke Irina», sagte sie, «es ist zwei.»

Sie stieg die Treppe hinauf. Der durch den Hockeyschläger so verrückt vergrößerte Teppich war kein Zuhause mehr, war nur noch eine verdorbene Erinnerung.

Zwei Uhr, dachte sie, noch eine Stunde. Dann – Skuggi …

Sie hatte fast ein wenig Bauchweh, wenn sie an ihn dachte, und sie mochte nichts essen.

Das Haus war groß. Doch nur wenige Zimmer waren in einem Zustand, dass man sie bewohnen konnte. Irinas und Albertas Zimmer lag im 2. Stock. Auch auf dieser Etage gab es noch keine schrägen Wände. Die Treppe führte weiter hinauf zum Dach. Da war es dunkel, kalt und zugig. Niemand ging dahin. Die Tür gegenüber von ihrem Zimmer stand einen Spalt offen. Das war fast immer so. Alberta hatte sich angewöhnt, die Tür jedes Mal, wenn sie hier vorbeiging, mit einem heftigen Ruck in das ausgeleierte Schloss zu ziehen. Dahinter war nur ein fast leerer Raum mit undichten Fenstern und einem verrotteten Dielenboden. Durch den Spalt strömte ihr modrige Luft entgegen. Das war schon immer so gewesen. Aber es war etwas Neues dabei. Sie zog die Tür zu, musste sich mit ihrem ganzen Gewicht an die Klinke hängen, bis das Schloss endlich einschnappte. Dann öffnete sie leise die Tür zum Zimmer gegenüber.

Irina schlief. Sie stellte sich nie einen Wecker, wenn sie Nachtschicht hatte. Alberta hörte leise Musik aus dem Kopfhörer, der vom Bett auf den Boden gerutscht war. Gern hätte sie gewusst, mit welcher Musik ihre Schwester die Arbeit im Altenheim von ihrem Privatleben trennte, aber sie widerstand der Versuchung, den Kopfhörer aufzusetzen. Nach Rap oder Heavy Metal klang das nicht. Sie fasste Irinas Schulter und musste sie kräftig rütteln, bis ihre Schwester die dunklen Augen aufschlug. Beide Mädchen hatten das asiatische Gesicht des Vaters geerbt, aber Irina hatte die stoppelkurzen Haare blond gefärbt. Der Vater hatte erst getobt, dann geschwiegen. Irina hatte das höchste Einkommen der Familie.

Alberta schob ihr den Kopfhörer wieder über die Ohren und schaute zu, wie ihre langsam erwachende Schwester gähnte, lächelte, die Augen schloss und sich leicht mit der Musik bewegte. Nein, Rap oder Heavy Metal war das nicht.

«Du bist verliebt», flüsterte sie.

Irina konnte sie nicht hören. Hatte sie trotzdem verstanden? Sie nahm den Kopfhörer ab und hielt ihn Alberta hin. Die legte ihn über die Ohren. Die Musik war leise, sanft schwingend, Alberta erinnerte das etwas an Kasachstan, für Irina hatte diese Melodie offenbar eine andere Bedeutung.

«Unser Lieblingslied», sagte sie. «Ich habe den MP3-Player so programmiert, dass es alle zwanzig Minuten kommt. Wir hören es immer vor dem Einschlafen. Leider meist jeder in seinem Bett.»

«Meist?» Alberta lachte. «Immer! Ich hab mir schon gedacht, dass du einen Freund hast. Aber ihr könnt euch nur selten treffen, kaum abends und schon gar nicht nachts: ‹Ein anständiges Mädchen gehört …›»

«Habt ihr eine Ahnung.»
Irina schwang sich aus dem Bett, Alberta drehte den Kopf und hielt die rechte Seite in den Schatten.
Noch nicht, dachte sie.
Irina schlüpfte in ihren Morgenmantel. Das einzige Badezimmer des Hauses war im ersten Stock.
«Okay, ich erzähl dir das», begann sie, «du petzt ja nicht. Also, wenn ich Nachtschicht habe, kriege ich einen Zuschlag oder einen freien Tag. Ich habe mich für den freien Tag entschieden. Den verbringe ich hier, und abends gehe ich weg, dann denkt ihr alle, ich gehe zur Nachtschicht, aber … kapiert?»
«Genial», Alberta grinste. «Wie heißt er?»
Aber das erfuhr sie nicht, denn sie hatte das Gesicht der Schwester zugewandt.
«Wie ist das passiert?», flüsterte die.
«Kein Pferd!», versicherte Alberta schnell. «Auch kein Sturz. Zumindest nicht mit dem Rad.»
«Also wie?»
«Wir haben uns gestritten.»
Irina fragte nicht, wer mit wem. Sie setzte sich wieder auf ihr Bett und murmelte: «Ich habe immer gewusst, dass so was mal passiert.»
Alberta zog sich einen Hocker heran.
«Soll ich die Wunde versorgen?», fragte Irina. «Dass keine Narbe bleibt?»
Alberta schüttelte den Kopf.
«Haben die schon in der Schule gemacht, ist nicht so schlimm.»
«Also, er hat dich geschlagen?»

«Sein Glück, dass er *mich* erwischt hat», nickte Alberta. «Wenn er das mit Anton macht – der schlägt zurück.»

Aber Irina schüttelte den Kopf.

«Das macht er mit Anton nicht. Und mit Jakob auch nicht. Die Jungen dürfen fast alles. Mädchen gehören ins Haus. So war das in Kasachstan. Und bei uns war das noch viel schlimmer als bei anderen deutschen Familien dort. Seine Mutter hat ihn so erzogen. Die konnte nicht anders, die hat nichts anderes gelernt. Sie ist immer eine Kasachin geblieben, hat ihr Leben lang ein Kopftuch getragen, obwohl sie doch gar keine Muslimin mehr war. Extrem. Du hast das nicht so mitgekriegt, aber ich. Also los, jetzt erzähl, warum ist er ausgerastet?»

«Erst wegen Felix.»

«Das ist der Junge in eurem, äh, Rundumbeschlag? Aber mit dem hast du doch nichts. Oder?»

«Nee, überhaupt nicht. Aber er hat doch immer gedacht, dass da gar keine Jungen sind. Jungen reiten in Deutschland nicht. Haben wir ihm doch immer erzählt. Stimmt ja auch. Fast. Und jetzt will Felix mitmachen. Beim therapeutischen Reiten, also da helfen. Das hab ich heute Morgen irgendwie erwähnt. Und da ging das los.»

«Und er hat dich ins Gesicht geschlagen? Das hätte ich ihm nicht …»

«Nein, hat er nicht. Nur an den Kopf. Von hinten. Aber fest. Hat mich umgehauen, und ich bin auf die Tischkante geknallt.»

«Nur weil da ein Junge im Reitstall ist?»

«Nee – da hatte er einen anderen Grund.»

«Jetzt sag schon.»

«Wir machen das therapeutische Reiten doch für diese Kinder mit Behinderungen. Er will nicht, dass ich Isa da helfe. Er hat getobt: ‹Dafür sind wir hier gut genug, dass wir ihnen die Depperten betüddeln!› Und da habe ich gesagt: Um Behinderte deppert zu nennen, muss man ganz schön deppert sein.»

Irina zuckte erst zusammen, dann lachte sie.

«Wahnsinn! Alberta! Ich sag mal: Wenn von der Wunde keine Narbe zurückbleibt, dann war's das wert.»

«Ich geh auch hin!», verkündete Alberta. «Gleich nach dem Essen fahr ich zum Stall. Und – he – Irina, ich glaube, ich habe ein Lieblingspferd!»

«Wie wär's mal mit einem richtigen Freund», schlug Irina vor. «Wenn er sich eh so aufregt, gib ihm doch einen Grund.»

«Hab ich auch schon gedacht. Aber da ist niemand. Nur Felix. Und der … ach nee. Und die Jungen in meiner Klasse sind fast alle jünger als ich. Babys.»

«Du musst halt mal woanders hingehen.»

«Keine Lust. Jetzt zieh dich an. Die warten.»

Irina stand auf und sagte: «Wir – lassen – die – warten!!!»

Alberta fühlte sich etwas unwohl. Sie war es nicht gewohnt, ihren Vater und ihre Brüder warten zu lassen.

«Aber ich will zum Stall», murmelte sie.

«Okay!» Irina ging zur Tür, drehte sich aber noch einmal um.

«Du, Alberta», begann sie, «wundere dich gleich nicht, wenn ich auf Frieden mache. Es gibt einen Grund. Ich darf es dir nicht erzählen, aber es ist ein echter Grund, nett zu ihm zu sein. Also, Frieden! Wir versuchen, ihn zu verstehen: Das alles hier ist hart für ihn. Er kriegt keine Arbeit. Anton auch nicht. Nur die Frauen verdienen Geld. Und zwar weil sie sich mit den Schwächsten abgeben: Mama putzt für Kranke, ich pflege Alte, und jetzt willst du auch noch für Kinder mit Behinderungen arbeiten. Harte Nuss für unseren Vater. Der mag keine Schwachen. Wir versuchen, ihn zu verstehen, okay?»

Aber Alberta konnte ihren Vater weder warten lassen noch verstehen.

«Nein!», sagte sie hart.

Irina machte noch einen Versuch.

«Er hat eigentlich nichts gegen Alte und Kranke. Weißt du noch, wie er unsere Omas gepflegt hat?»

Alberta zuckte die Achseln. Sie wollte sich nicht erinnern.

«Er hat das für uns getan», fuhr Irina fort, «ich meine, dass wir hierhergekommen sind. Und jetzt ist er unglücklich hier.»

Alberta ging an ihrer Schwester vorbei aus dem Zimmer. Die Tür gegenüber war schon wieder aufgegangen. Sie packte die Klinke und riss heftig daran, obwohl sie wusste, dass es sinnlos war. Das Schloss hielt nicht. Auf der Treppe rief sie: «Jetzt sieh mal, dass du fertig wirst! Ich nehme den Auflauf aus dem Ofen.»

Aber essen konnte sie dann fast nichts. Niemand sprach. Von allen Gedanken, die ihr durch den Kopf schossen, war der an Skuggi der angenehmste, und auch der war voller Angst. Wälzte sich der freche Schecke jetzt in der Krankenbox? Und trat mit dem Hinterbein gegen den schmerzenden Bauch?

«Ich mach die Küche fertig», bot Irina an. «Alberta hat einen Termin.»

Es kam kein Einwand.

Als Alberta das Rad aus dem Schuppen holte, spürte sie wieder die Veränderung hinten in der dunklen Ecke. Es war nicht nur das Lattenbrett auf der alten Kiste, da war auch ein Geruch. Der war ein bisschen scharf, aber nicht unangenehm, eher frisch und ein Hauch von Salmiak war darin. Er war ihr vertraut, trotzdem befremdend. Sie musste wieder an das Fahrrad denken, an den Tag, an dem ihr Vater mit etwas öligen Händen ihr das fertig gerichtete Rad übergeben hatte. Die Erinnerung brachte sie völlig durcheinander.
Es ist nur, dachte sie und versuchte, das Gefühl abzuschütteln, es ist nur, weil er so glücklich war, als er mir das Rad brachte, und so lieb, und ich hab ihn so gern gehabt …
Aber da war noch etwas anderes. Mit dem Hauch von Salmiak in dem Geruch war noch eine luftzarte Erinnerung gekommen, doch sie wusste nicht an was.
Sie schob das Rad aus dem Schuppen.

4 MESSER IM DREIECK

Skuggi war in der Krankenbox, und Felix stand schon im Vorraum des Offenstalls.

Warum ist der so scharf auf den Job?, dachte Alberta.

Und dann: Hat Skuggi eine Kolik?

Der dritte Gedanke war ein kleiner Messerstich ins Herz.

Umgekehrt!, versuchte sie sich zu korrigieren. Zuerst an Skuggi denken! Von jetzt an immer zuerst an Skuggi denken!

«Warum ist der da eingesperrt?», fragte Felix.

«Aha!» Alberta sah ihn triumphierend und ein wenig abweisend an. «Du hast schnell kapiert, dass Pferde in Boxen eingesperrt sind. Vor Kurzem fandest du das ganz normal.»

«Jana tut mir leid», murmelte er. «Glaubst du, der macht es noch Spaß, ihr Pferd nach dem Reiten wieder in eine Box zu stellen?»

«Sie kann herkommen.»

Aber Felix schüttelte den Kopf.

«Sie geht nicht weg vom Ulmenhof. Von den Pferden nicht und von Bettina auch nicht.»

«Sie könnte herkommen!», beharrte Alberta.

Felix zuckte die Achseln.

«Das verstehst du nicht. Dafür geht es dir zu gut. Du bist die Einzige von uns, die nicht ihr Pferd verloren hat.»

«Weil ich nie eins hatte.»

«Außer dem Schlag, den du heute Morgen beim Hufe-Aufhalten bekommen hast, tut dir doch nichts weh. Das, ähh, tut nicht so weh?»

Und mit einem würgenden Schmerz in der Brust sagte sie: «Nein, tut nicht mehr weh.»

«Also weißt du nun, warum der da eingesperrt ist?»

Während Alberta berichtete, lag Skuggi auf den Vorderknien und versuchte, seine Nase so weit unter dem Balken durchzuschieben, dass er die letzten Strohhalme in seiner Reichweite erwischte. Die Krankenbox war nur mit Spänen eingestreut.

«Der hat keine Kolik», versicherte Felix, «sonst hätte er Schmerzen und nicht so'n Hunger. Sollten nicht bald diese – diese Behinderten kommen?»

«Warum willst du da eigentlich mitmachen?», platzte Alberta heraus, und das kam wohl eine Spur zu aggressiv. Felix starrte sie verwundert an.

«Nehme ich dir den Job weg? Nee, Isa hat gesagt, sie braucht zwei Leute. Da hab ich gesagt, ich mach's. Wollte ja auch sonst niemand.»

«Ja, aber warum du?»

Felix' Augen flackerten irritiert hin und her.

«Was hast du denn?», fragte er. «Du hast doch nichts gegen mich? Ich nehme dir diesen Job nicht weg.»

Skuggis bewegliche Oberlippe hatte inzwischen die letzten erreichbaren Strohhalme geangelt. Er kam zu Alberta und legte den Kopf über den Balken und über ihre rechte Schulter. Sie lehnte sich gegen ihn. Sofort ging es ihr erheblich besser.

«Ist schon gut», sagte sie.

Felix lächelte.

«Hast du dir ein Pferd angeschafft? Sieht fast so aus.»

«Das war seine Entscheidung.»

«Noch besser. Der hat schöne Ohren. Wie Troilus.»

Alberta streichelte Skuggis Nase.

«Vielleicht will er ja auch nur ein Leckerli.»

Dann hob sie den Kopf, schaute Felix an.

«Tschuldigung», sagte sie, «ich hab bestimmt nichts gegen dich. Ich hatte da ein Problem. Das kann niemand verstehen, und ich will auch nicht darüber reden. Ja, und ich habe einfach nicht kapiert, warum du da mitmachen willst. Du hast doch auch gar keine Zeit. Du hast deinen Job bei deinem Tierarzt. Und du sollst mindestens dreimal in der Woche Pedro reiten, Sven wird dir immer jedes Pferd geben und …»

Felix drehte sich um, ging ins Reiterstüble, setzte sich auf die Bank, legte die Hände auf den Tisch und starrte sie an. Diese Hände … die Sven immer «goldene Reiterhände»

nannte. Die fast jedes Pferd so sanft an den Zügel streichelten wie kleine Mädchen junge Katzen. Worüber Alberta sich oft gewundert hatte, denn sie fand Felix' Hände breit und ein wenig klopsig. Doch nun sah sie: Das Gesicht über den Patschpfoten war kein Kindergesicht mehr, auch kein verhindertes Mädchengesicht, und plötzlich war ihr bewusst: Als er vorhin neben ihr gestanden hatte, war er deutlich größer gewesen als sie.
Er hob den Kopf, schaute an ihr vorbei, zur Tür hinaus in die Krankenbox, aber auch Skuggi sah er nicht an.
«Vielleicht…», murmelte er, «…vielleicht interessiere ich mich für Behinderte.»
«Echt?»
Er zuckte die Achseln.
«Du willst *wirklich* was mit denen machen?», wunderte sie sich.
Er antwortete nicht.
«Das find ich, find ich», stammelte Alberta, «also ich find das ganz toll von dir, also ich hab ein bisschen Angst. Wie geht man mit denen um? Und wie guckt man die an? Ich gucke immer weg, wenn ich welche sehe.»
Felix' Augen sahen in diesem Moment offenbar überhaupt nichts, und seine Stimme klang etwas heiser, als er sagte: «Christina ist schließlich auch behindert.»
«Oh!»
Schlagartig hatte Alberta begriffen. Also doch! Sie hatte das beobachtet, hatte während des Reitkurses auch mit Isa darüber gesprochen, ob Felix wirklich in Christina verknallt war. Konnte es so etwas geben? Da war er der einzige Junge unter zum Teil doch recht hübschen Mädchen, und er sollte

sich ausgerechnet in die verliebt haben, die im Rollstuhl saß? Christina war nach einem Fahrradunfall fast gelähmt. Sie konnte ziemlich gut reiten, aber kaum laufen.

Felix wandte den Kopf, schaute flüchtig über Albertas Gesicht und weiter an ihr vorbei, lächelte fast, als er erkannte, dass sie verstanden hatte, sagte: «Das ist einfach so passiert.»

«Weiß Christina … ich meine, hast du es ihr gesagt?»

Er schüttelte leicht den Kopf.

«Ich habe doch keine Ahnung, wie man so was macht. Normal geht das wohl, wenn man in der Disco tanzt, aber niemand wird mit Christina in einer Disco tanzen oder auf einer Fete oder was.»

Plötzlich ruckte sein Kopf herum und er starrte Alberta genau in die Augen.

«Hilf mir!», platzte er heraus. «Kannst du mir helfen, Alberta? Ich muss mit jemand reden. Ich kann sie das doch nicht einfach fragen.»

Alberta zuckte zusammen. Was kam da auf sie zu?

«Ich habe keine Ahnung», fuhr er fort, «ich meine, ich habe sowieso keine Ahnung, was man mit einem Mädchen macht, äh, ich meine, natürlich weiß ich das, aber konkret ist dann alles anders, und mit einer, die vom Bauch ab gelähmt ist … was geht da überhaupt?»

Lieber Himmel, für diese Frage hatte er mit Alberta absolut die Falsche erwischt. In ihrem Elternhaus war das kein Thema.

«Du, ich kann», fuhr er fort, «also, wenn ich mit den anderen Jungen zusammen bin … kann ich jede Menge blöde Witze über Sex machen, ich bin da echt gut, und wir lachen uns das Hirn ab, aber mit Christina reden … nee … und ich hab auch niemand, mit dem ich über sie reden könnte. Vielleicht dich? Ich war mal fast in dich verknallt, nicht wirklich, aber fast, hast du das eigentlich gemerkt?»

Nein, Alberta hatte das nicht gemerkt. Sie hatte bisher kaum mitbekommen, dass Felix überhaupt ein Junge war.

«Die – deine Mutter?», stotterte sie.

«Was ist mit meiner Mutter?»

«Kannst du nicht mit der reden?»

«Über Liebe und so? Vergiss es! Die kriegt die Krise. Oder einen Heulkrampf. Seit Kevins und Patricks Vater auch abgehauen ist, versauert die komplett. Ich glaube, die hasst Liebe.»

«Deine kleinen Brüder haben einen anderen Vater?»

Er nickte.

«Meiner ist nicht so lange geblieben, dass ich mich an den noch erinnern kann.»

Was ist nun besser, dachte Alberta, ein verschwundener Vater oder einer, der durchdreht, wenn seine vierzehnjährige Tochter auf einem Pferdehof arbeitet, auf dem es einen einzigen Jungen gibt? Was ist verrückter? Eine Mutter, die Liebe hasst, oder eine, die ihrem Mann ohne Widerspruch die Socken und die Unterhosen bügelt? Immerhin war Felix' Situation normaler. Sein Fall war in diesem Land nicht ungewöhnlich. Sie dagegen war hier ein seltener Vogel. Halt! Nein! Das war Felix jetzt auch. Ein gelähmtes Mädchen zu lieben war in diesem Land bestimmt nicht normal.

«Was», fragte er, «würdest du machen, nee, fühlen an meiner Stelle?»

Das Geräusch der zuschlagenden Stalltür rettete Alberta davor, sich um eine Antwort drücken zu müssen. Gleich darauf stand Isa im Reiterstüble. Mit ihr kamen die beiden Border Collies Lleu und Goewin. Isa hatte drei Halfter in der Hand, von denen Alberta sofort zwei erkannte.

«Stjarni?», fragte sie erstaunt. «Du willst Stjarni nehmen für … für diese Kinder?»

Isa nickte.

«Schön, dass ihr schon da seid. Der Wagen von Lautenbühl muss bald kommen. Wir sollten bis dahin die Pferde gerichtet haben. Ja, ich führe Stjarni. Er macht das super.»

Als Alberta die Hand nach dem anderen vertrauten Halfter ausstreckte, hielt Isa das Felix hin.

«Nimm du mal den Blesi. Der ist 100 pro sicher. Ach, Alberta, ich hab dir den Zettel aufgehoben. Mit den isländischen Pferdefarben.»

Alberta schaute auf das fremde Halfter, das noch an Isas Arm baumelte.

«Der gehört mir nicht», sagte sie, «muss Natalies sein.»

Das Halfter war aus gelbem Gurtband mit einem ebenfalls gelben etwas schmutzigen Strick. Sie hatte es schon einmal gesehen.

«Klar, Natalie», sagte Isa, «vielleicht seh ich sie ja noch mal. Neulich hab ich sie im Wald getroffen. Mit einem sehr schönen Pferd.»

Albertas Kopf fuhr hoch. Wie kam Natalie an ein sehr schönes Pferd? In Isas Hand pendelte noch immer das gar nicht so fremde Halfter. Wann? Wo? An welchem Pferdekopf hatte sie es gesehen? Isa gab es ihr. Sie nahm es zögernd. Wann …? Wo …?

«Er hat keine Kolik», erklärte Isa, «wahrscheinlich hast du ihn gerade noch rechtzeitig gefunden und zurückgebracht.»

Skuggi?

«Vielleicht hast du ihn wirklich gerettet, und ich glaube … ich hab so das Gefühl, dass ihr zusammengehört.»

Skuggi!

«Aber Isa! Dieses freche Mondsichelohr! Da kann man doch keine Kinder draufsetzen, die sich gar nicht so bewegen können wie wir. Gestern ist er Laura durchgegangen, die wär fast runtergefallen, und Laura kann wirklich …»

«… ziemlich gut reiten», unterbrach Isa. «Ja, und genau das ist es. So einer ist er. Skuggi ist genauso frech, wie sein Reiter es aushält. Und er spürt es, wenn jemand leidet, wenn einer ihn braucht. Deshalb ist er dir heute Morgen nachgelaufen. Wir hatten schon mal so einen. Wir mussten ihn verkaufen, leider, weil ein Junge ihn brauchte, so ein Zappelkind, der konnte nicht stillsitzen, außer auf Djakni. Ich habe volles Vertrauen zu Skuggi. Und zu dir. Zu euch, ich meine, zu dir mit Skuggi. Ich glaube, ihr gehört zusammen.»

Sie gab Alberta auch noch Stjarnis Halfter.

«Holt mal die Pferde. Ich muss noch telefonieren und dann warte ich am Parkplatz und leite den Wagen bis zum Putzplatz. Ein paar von den Kindern können nicht laufen.»

Alberta hörte kaum zu. Sie hatte nur das eine Wort im Ohr: «zusammen», wir gehören zusammen.

«… Pferde nur abbürsten und Hufe auskratzen, die drei Voltigiergurte habe ich schon in die Sattelkammer gebracht.»

Alberta legte Skuggi das Halfter an. Lleu wühlte im Stroh. Er suchte einen seiner Büffelhautknochen und er fand ihn. Zufrieden legte er sich ins Stroh und fing an zu kauen. Seine Schwester Goewin war nirgends zu sehen, wahrscheinlich war sie zusammen mit Kater Isidor auf Mäusejagd. Alberta ging durch den Stall und konnte nichts anderes denken als «zusammen … wir gehören zusammen …» Und plötzlich fühlte sich der Steinboden weich und federnd an. Am durchhängenden Führstrick lief Skuggi neben ihr her, als hätte er niemals Laura denselben Strick aus der Hand gerissen, um Harpa mal eben in die Kruppe zu kneifen und Hrimfaxi im Vorübergehen in den Hals zu zwicken. Und dann durfte sie auch noch ein zweites Pferd holen, ein nachtschwarzes, das mitten auf seiner Stirn einen kinderhandgroßen Stern trug. Darum hieß es Stjarni, der Stern. Zwischen den Mondsichelohren des schwarz-weißen Schecken und den großen lieben Augen des nachtschwarzen Stjarni ging Alberta durch den Paddock und fühlte sich wohl. Gab es einen besseren Platz auf dieser Erde als den zwischen dem frechsten und dem schönsten Pferd des Rappenhofs? Eine der beiden dunklen Nasen blies warm in ihr rechtes Ohr. Harpa lief ihnen nach. Sie war Isas Pferd wie Stjarni, und wenn der schöne Rappe zum Putzplatz geführt wurde, wartete die kleine dreifarbene Scheckstute immer am Tor und hoffte, dass sie als Handpferd mitgehen durfte.

Felix und Alberta bürsteten die drei Pferde, und als sie gerade den letzten Voltigiergurt geschlossen hatten, fuhr ein Auto fast bis an den Paddockzaun. Isa sprang aus dem Wagen. Es war ein dunkelblauer VW-Bus mit dem Schriftzug «Lautenbühl». Und aus diesem Auto stiegen sehr – sehr – unterschiedliche Menschen. Nicht zwei davon waren sich auch nur ähnlich: eine große kräftige Frau mit einem etwas viereckigen Gesicht, ein langer älterer Mann, ein weiterer Mann, der Fahrer des Wagens, blieb zunächst verdeckt. Die drei öffneten die Schiebetüren und halfen den Kindern heraus. Alberta wollte ausweichen, zur Seite schauen und fing einen erschrockenen Blick von Felix auf. Was hatte der erwartet? Lauter Christinas? Lauter hübsche Gesichter mit Augen, die ihn gerade anblickten? Diese neun Kinder guckten und lachten anders. Zwei Jungen waren noch ziemlich klein, fünf, vielleicht sechs Jahre alt, sehr schwer zu schätzen, ein anderer Junge und ein dickes Mädchen waren sicher schon vierzehn oder älter.

Drei Betreuer, dachte Alberta erleichtert, jeder von uns kriegt einen Betreuer. Und drei Kinder. Vielleicht kriege ich die … vielleicht die Kleinen …

Der kleine Junge im roten Anorak mit roter Pudelmütze wollte schreiend auf Skuggi zurennen, wurde aber von der großen Frau aufgefangen und festgehalten, damit er nicht stürzte. Nein, Alberta konnte nicht entscheiden, welche von diesen Kindern sie auf Skuggi führen wollte. Aber als sie sich hilflos umschaute, wusste sie sofort, welchen Betreuer sie bei sich haben wollte.

Der junge Mann, der das Auto gefahren hatte, schaute sie offenbar schon eine Weile an. Als sie es bemerkte, lächelte er und trat auf sie zu.

«Ich bin Peer», sagte er, «Zivi aus Hamburg. Du kommst wohl von noch weiter her?»

Sie antwortete schnell. Instinktiv spürte sie, dass sie sofort antworten musste, bevor ihre Stimme heiser wurde.

«Kasachstan», sagte sie, «deutsche Familie, aber eine meiner Großmütter war Kasachin.»

Peer legte den Kopf etwas schief nach rechts, öffnete den Mund mit: «Ahhh …». Sie sah, wie er die Zunge in den linken Mundwinkel schob, dann lächelte er und sagte: «Die steht dir.»

«Wer?», stammelte sie heiser. «Was?»

«Die Oma aus Kasachstan. Die steht dir.»

Hilf mir, Irina, dachte Alberta, was ist das, was mache ich jetzt?

«Peer hat am wenigsten Erfahrung», hörte sie Isas Stimme, «er kommt zu mir.»

Und tief enttäuscht atmete Alberta sehr erleichtert auf, als sei sie einer Gefahr entgangen. Peer zuckte leicht die Achseln, warf ihr noch ein «Man sieht sich!» zu und ging zu Isa.

«Die drei, die am wenigsten laufen können, dürfen zum Platz reiten», fuhr Isa fort. «Wir teilen dort ein. Ich gehe hinten, dann kann ich die anderen beobachten. Welche sollen reiten?»

«Auf alle Fälle David», sagte die Frau, bei der nicht nur das Gesicht etwas viereckig wirkte, «und Christian.» Noch immer hielt sie den kleinen Jungen, fast trug sie ihn. «Und vielleicht kann er auf dieses kleine Pony da. Er ist sehr ängstlich.»

«Gut. Felix, geh ihm entgegen, und Sie, Frau Marstätter, bleiben dann auch am besten bei Felix und Blesi.»

Aber als Christian merkte, dass er auf Blesi gehoben werden sollte, fing er an zu schreien. Und er tobte. Es waren schrille, spitze Schreie, die Alberta für die verzweifelten Laute eines Tieres gehalten hätte, eines Hasen, den der Fuchs gepackt hatte, oder eines Vogels im Netz, der niemals ein Singvogel gewesen war. Harpa am Tor schnaubte entsetzt und lief rückwärts in Sokki, beide flohen zur Koppel. Frau Marstätter konnte das Kind nicht mehr halten, der lange dünne Mann sprang ihr zu Hilfe. Zu zweit rangen sie mit dem kleinen Jungen, der stark wie ein junger Tiger schien und dessen Hände jetzt wie Krallen aussahen, während seine Stimme heiser wurde, nahezu röchelnd, dabei aber menschlicher, fast klang es wie Silben, aus keiner Sprache, aber doch Silben. Und plötzlich rief eine helle klare Kinderstimme aus demselben verzerrten Mund: «Karo Bär! Karo Bär!»

«Lass los, Bernd», sagte Frau Marstätter, «ich habe verstanden.»

Und kaum noch gestützt von ihren Händen lief Christian auf Skuggi zu.

«Karo Bär! Karo Bär!», sang ein Knabensopran, der zu seinem Körper nicht passte. Frau Marstätter hob das Kind auf Skuggi. Christian legte sich auf den Bauch, schob den Kopf weit nach vorn in Skuggis Mähne, darin verschwanden seine Vogelklauen wie Streichelfinger.

«Karo Bär», flüsterte er, und ein Speichelfaden lief ihm aus dem Mund. Dann fielen ihm die Augen zu, und Frau Marstätter musste ihn halten, sonst wäre er von Skuggis Rücken gerutscht.

«Dauert nicht lange», sagte sie, «er kann gleich wieder auf dem Pony sitzen. Und wir müssen ihn bei diesem lassen. Er hat einen Teddy mit einem schwarz-weiß karierten Overall. ‹Karo Bär› sind fast die einzigen Worte, die er verständlich sprechen kann. Wie heißt du?»

«Alberta.»

«Alberta», wiederholte Frau Marstätter und dann noch einmal: «Alberta.»

Muss das sein?, dachte Alberta. Der Name ist doch doof genug. Und je öfter man ihn sagt, desto doofer wird er.

Sie gingen sehr langsam und vorsichtig zum Reitplatz. Das dicke große Mädchen saß auf Stjarni. Alberta drehte sich einmal um und sah, wie Peer das Mädchen im Rücken stützte, mit der anderen Hand hielt er ihren Oberarm. Sein Blick war starr, und bevor Albertas Augen ihn erreichten, schaute sie wieder nach vorn. Über Blesis Rücken lag der andere kleine Junge. Er konnte die Beine nicht spreizen und also nicht auf einem Pferd sitzen. Das war David. Felix' rechte Hand umklammerte den Führstrick. Die anderen sechs Kinder konnten selber – laufen? War das laufen? Auf dem kurzen Weg vom Putzplatz zur Reitbahn fielen Alberta lauter Wörter für «laufen» ein, die am besten zu Zirkusclowns gepasst hätten: torkeln, taumeln, stolpern, humpeln, hinken, strampeln … so hatte sie die Tollpatsche im Moskauer Staatszirkus gesehen. Und sie hatte gelacht.
In der Bahn konnten sie die drei reitenden Kinder nicht sofort von den Ponys heben.
«David und Miriam können nicht stehen», erklärte Frau Marstätter. «Peer holt die Rollstühle.»
Endlich eine Aufgabe, die der hübsche blonde Norddeutsche gern übernahm. Er ging schnell weg und kam sehr langsam zurück. David, Miriam und Christian durften noch eine Runde reiten. Alberta hielt sich an Skuggis Führstrick fest. Sie schaute auf die Mondsichelohren neben ihr oder auf Blesis Schweif vor ihr. Die schiefen Münder, aus denen der Speichel tropfte, mochte sie nicht anschauen. Nur wie von Weitem nahm sie wahr, dass Frau Marstätters kräftige Arme Christian sicher auf Skuggis Rücken hielten. Endlich kam Peer mit den Rollstühlen. Warum brachte er die zu Alberta?

«Peer!», herrschte Frau Marstätter ihn an. «Du musst nicht jedes hübsche Mädchen anflirten.»
«Tu ich nicht», erwiderte Peer, «ich gucke nur.»
«Du musst auch nicht jedes hübsche Mädchen dauernd angucken!»
«Irgendwo muss ich hingucken!» Seine Stimme klang fast ein wenig aggressiv. «Ich bin Ästhet und ich …»
«Du solltest lieber Essen auf Rädern ausfahren», unterbrach ihn Frau Marstätter. «Stell die Rollis in die Mitte.»
Und während Peer die Rollstühle halb zog, halb trug, bohrte sich eine Spitze in Albertas Brust, ziemlich genau da, wo rein medizinisch gesehen das Herz sein sollte: Er findet mich hübsch …
Quatsch! Er hat mich nicht gemeint. Er guckt jedes Mädchen an, und es ist wahrhaftig kein Kunststück unter diesen hier die bevorzugte Blickrichtung für einen neunzehnjährigen Zivi zu sein.
Außerdem ist er genauso ein Idiot wie mein Vater. Er will mit diesen Menschen nichts zu tun haben.
Und in dem Augenblick durchzuckte sie einen zweite Spitze: Ich auch nicht! Ich will hier weg! Ich mach das nur, weil wir kein Geld haben. Was man alles tun muss, wenn man hier ein bisschen mitspielen will in diesem bescheuerten reichen Land!
Es wurde noch schlimmer.
Als Frau Marstätter Christian von Skuggi heben wollte, fing er wieder an zu schreien. Er brüllte, kreischte, quietschte in allen Ton- und Lautfolgen gehetzter, verwundeter Tiere und kaum erkennbar dazwischen sein: «Karo Bär! Karo Bär!»
Frau Marstätter war hilflos. Sie zog an dem kleinen, wider-

sinnig starken Kinderkörper, sie konnte die verkrampften Hände nicht aus der Mähne lösen, Alberta wollte sich die Ohren zuhalten, die eigenen und die empfindlichen Mondsichelohren von Skuggi. Der blieb reglos stehen, trat nur einmal vorsichtig einen Schritt zur Seite, als Christians strampelnder Fuß seine Flanke traf. Da fiel das Kind röchelnd in den Armen seiner Betreuerin zusammen, die rote Mütze war ihm über die Augen gerutscht. Frau Marstätter wartete noch ein paar Augenblicke, dann löste sie die in die Mähne verkrallten Finger.

«Miriam?», fragte sie und drehte sich um. Alberta sah ein völlig entspanntes Lächeln auf ihrem Gesicht. «Nimmst du ihn auf den Schoß?»

Das dicke Mädchen im Rollstuhl lachte. Das sah aus, als ob ein schräges Grinsen auf ihrem Gesicht zerplatzte. Sie streckte die Arme aus. Frau Marstätter brachte ihr einen kleinen, offenbar schlafenden, federleichten Kinderkörper mit rasselndem Atem, und alles, was Alberta denken konnte, war: Den sind wir für heute los.

Das war ein Irrtum.

Die beiden anderen Kinder, die Alberta zu führen hatte, waren vergleichsweise unproblematisch, und als die drei im Rollstuhl wieder an der Reihe waren, saß Christian aufrecht auf Miriams Schoß. Er war sehr blass. Miriam wollte ihn in die Arme nehmen, er stieß sie zurück, seine Augen klebten an Skuggi. Frau Marstätter holte ihn. Sie musste ihn tragen. Skuggi schnaubte. Hatte er nun doch Angst? Hatte er den kleinen Quälgeist wiedererkannt? Sein linkes Auge, dunkel unter der weißen Mähne, war vollkommen ruhig.

«Jetzt ganz vorsichtig, Alberta», sagte Frau Marstätter leise, «nach so einem Anfall ist er immer sehr schwach.»
Alberta ging mit kleinen Schritten. Skuggi auch. Dann stupste er sie an die Schulter, wollte schneller werden, wollte weiter ausschreiten, sie hielt ihn zurück.
Bitte, Skuggi, dachte sie, dies noch aushalten, der quält dich nicht mehr lange, noch ein paar Runden und dann gehen wir zum Auto, da wirst du ihn los. Dann kannst du wieder ein fröhliches freches Pony sein und deine Kumpels rempeln und zwicken …
«Oh, Alberta», hörte sie von hinten Frau Marstätters erstaunte Stimme, «lass es, lass das Pony gehen, es macht das von selber.»
Alberta schaute sich um. Christian saß aufrecht. Frau Marstätters Hand stützte ihn ein wenig im Rücken oder hielt ihn auch nicht, blieb nur bereit zu helfen, falls er das Gleichgewicht verlor. Er schwankte. Aber er rutschte nicht. Seltsam war, wie Skuggi lief. Er ging geradeaus mit seinem weiten, schwingenden Schritt. Dabei machte sein Rücken merkwürdige Seitwärtsbewegungen, die Alberta noch nie so beobachtet hatte. Und plötzlich verstand sie: Skuggi hielt Christian im Gleichgewicht.
Die Biegung. Sie näherten sich der Ecke vor der kurzen Seite. Alberta lief mit zurückgewendetem Blick. Sie sah die Anspannung in Frau Marstätters Gesicht, ihre Hand berührte Christians Rücken. Nicht nötig. Skuggi war ohne Aufforderung langsamer geworden. Vorsichtig bog er sich in die Kurve, trat mit dem rechten Hinterbein nach außen und verhinderte so, dass Christian nach rechts kippte.
Was für ein Pferd! In diesem Augenblick liebte Alberta

jedes einzelne schwarze und jedes weiße Haar an seinem Körper. Und zugleich durchfuhr sie wieder so ein Stich: Er hilft dem Kind, dachte sie. Der freche Raufer und Ausreißer hilft diesem Jungen und ich – ich mag den nicht mal anschauen.

Dann musste Frau Marstätter doch eingreifen. Christian sackte nach vorn und legte sich auf Skuggis Hals wie auf ein Kissen, und als sie die Ponys zu dem blauen Kleinbus führten, gab es keinen Kampf, sie konnte das friedlich schlafende Kind von dem Pony heben.

«Danke, Alberta», sagte sie.

Ich weiß, wie ich heiße, dachte Alberta, ich kann mich nicht daran gewöhnen, aber ich weiß es. Man muss nicht dauernd meinen Namen sagen.

Vom Parkplatz kam Theres mit ihrer Mutter. Als sie den Bus und die Kinder sahen, ging Frau Rohner schneller, Theres blieb zurück.

«Ah», sagte Frau Rohner und wartete auf ihre Tochter, «ist das so? Wolltest du deshalb heute erst hierher, wenn es schon fast dunkel ist?»

Theres wich ihrem Blick aus. Auf die Kinder schaute sie erst recht nicht. Vom Reitplatz kam Peer mit den beiden Rollstühlen.

Wird er jetzt Theres auch so angucken?, dachte Alberta.

Ja, das tat er.

Und zack zack zack hatte sie drei Messer in der Brust, so schnell, wie ihr Bruder sie auf das Scheunentor warf. Mit drei Messern kann man kaum etwas anderes als ein Dreieck werfen. Dieses Gesetz der Mathematik war noch immer gültig. Doch was sie spürte, war ein Dreieck mit drei spitzen

Winkeln. So etwas gibt es nicht. Aber die drei schmerzenden Spitzen gab es durchaus:

Skuggi, ich liebe dich.

Ich bin ein fieses Ekel, ich will diese Kinder nicht. Und:

Peer … was ist das …?

5 EIN EISEN IST LOCKER

Schon bei Tag sah man fast nichts in dem alten Schuppen. Jetzt, im Dunkeln, als Alberta ihr Rad wieder neben Irinas Auto stellte, war es im hinteren Teil vollkommen finster. Aber der Geruch! War er stärker geworden, weil man gar nichts mehr sehen konnte? Weil man sich nun wie ein Hund mit der Nase zurechtfinden musste? Von Irinas Auto kam der Geruch nicht. Es war kalt, seit heute Morgen sehr früh nicht mehr gefahren. Alberta tastete sich nach hinten.

Unsinn, dachte sie, was geht mich das an?

Und immer wieder fiel ihr Skuggi ein, der doch wirklich nichts mit diesem halb verfallenen Schuppen zu tun hatte.

Trotzdem hatte sie Angst um ihn, als sie den Kopf vorstreckte und schnupperte, witterte wie ein verfolgtes Tier.
Von diesem komischen Geruch kriegt Skuggi doch keine Kolik, dachte sie.
Aber was sie so sehr verunsicherte, war nicht solch eine Angst. Es war die Angst, das Pony wieder zu verlieren. Es war das dumme Gefühl, dass etwas geschehen könnte, was nicht geschehen durfte, und dann würde sie alles verlieren. Wenn ihr doch bloß einfiele, woran sie dieser Geruch erinnerte.
Sie stolperte über etwas, vielleicht ein Stück Holz, sie fiel nach vorn und mit den Händen auf den alten Kasten. Ihre Finger strichen über Holzlatten. Die lagen anders als heute Nachmittag. Sie konnte sich schlecht vorstellen, wie sie jetzt aussahen, weil sie die Kiste so noch nie gesehen hatte. Sie zog sich einen Splitter in den Mittelfinger, steckte ihn in den Mund und leckte die Fingerkuppe. Es tat mehr weh, als so eine kleine Verletzung eigentlich wehtun durfte. Alberta konnte einen Schmerz wegstecken. Aber nicht den! Nicht welchen? Wieso? Warum? Und sie hätte fast geschrien, als ihre vorsichtiger weiter suchenden Finger ein Vorhängeschloss ertasteten. Dabei war sie doch überhaupt nicht schreckhaft. Zutiefst beunruhigt stolperte sie auf das matthelle Viereck am Eingang des Schuppens zu. Im Haus waren die Lichter an und beleuchteten ihren Weg über den Hof. Trotzdem hatte sie das Gefühl, vorsichtig gehen zu müssen. Es gab keinen Zweifel, die alte Kiste hatte an diesem Nachmittag einen richtigen Deckel bekommen, mit dem man sie verschließen konnte. Und sie war verschlossen!
Im Haus begrüßte Alberta zuerst ihre Mutter. Die stand in der Küche und bügelte.

«Nur das noch», sagte sie, «dann können wir essen.»

Im Korb lagen ein paar Socken, Unterhosen, Unterhemden. Alle von ihrem Vater. Der fand, dass ungebügelte Wäsche kratzte. Das Einzige, was er noch mehr verabscheute als ungebügelte Socken, war Weichspüler. Die Mutter arbeitete schnell. Alle diese Handgriffe waren für sie so normal wie der verängstigte Blick in ihren hellen Augen, die Albertas so gar nicht ähnlich sahen. Ungewöhnlich war jedoch der harte, etwas verkniffene, sehr entschlossene Ausdruck ihres Mundes. Nur kurz schaute sie über das Pflaster auf Albertas Stirn. Sie sagte nichts dazu, wahrscheinlich hatte Irina erzählt, was geschehen war.

«Soll ich Wäsche zusammenlegen?», fragte Alberta. «Oder kann ich rauf? Ich müsste noch was für die Schule tun.»

«Geh nur. Das ist nicht mehr viel. Ich komme klar.»

Die Wohnzimmertür war nur angelehnt. Alberta hörte leise, weiche, sehr vertraute Töne. Ihr Vater summte. Er sang nicht, aber er summte. Sie wollte vorbeigehen, doch der dunkle sanfte Klang zog sie an. Sie konnte nicht anders und trat in das Zimmer. Ihr Vater saß auf dem Sofa. Er schaute auf. Sein Gesicht war entspannt. Er sah glücklich aus. In seinen Augen war ein Blick wie damals in Kasachstan, in die Weite gerichtet auf ein fernes Ziel. Er hörte auf zu summen und schlug eine Zeitschrift zu, in der er gelesen oder geblättert hatte. Er schob sie sofort in seine uralte Ledertasche, die neben ihm auf dem Sofa lag, aber Alberta hatte noch gesehen, dass die Schrift auf dem Titelblatt russisch war. Dann stand er auf und kam um den Tisch herum auf sie zu. Alles Verspannte, Verkrampfte des Morgens war verschwunden. Er bewegte sich mit der Geschmeidigkeit seiner asiatischen Mutter.

Wie eine Katze auf der Jagd. Und er lächelte. Als er vor Alberta stand, streckte er eine Hand aus. Sie hatte keine Angst. Ganz sachte berührte er die Wunde an ihrer Schläfe, tiefstes Bedauern war in seinem Gesicht. Und eine Bitte. Er sagte nichts. Sie nickte. Fast hätte sie geweint. Das war seine Bitte um Verzeihung. Mehr konnte sie von ihm nicht erwarten. Als sie gehen wollte, hielt seine Stimme sie zurück.
«Du kannst dich auf Weihachten freuen», sagte er. «Wirklich! Dieses Jahr kannst du dich auf Weihnachten freuen.»
Alberta hatte keine Weihnachtswünsche, keine, die ihre Familie ihr hätte erfüllen können. Doch – sie lassen, sie so sein lassen wie andere vierzehnjährige Mädchen in diesem Land. Mehr wünschte sie sich nicht von ihm.
«Und wir werden schlemmen», sagte er, «es wird ein Fest wie lang nicht mehr. Wie hier noch nie. Wie damals. Dort!»
«Kauft Irina eine Gans?», fragte Alberta.
Das war ein Fehler. Was für eine Veränderung in seinem Gesicht! Wie hart das warme dunkle Braun seiner Augen werden konnte, so schnell. Wie verkantet dieser Mund war, der eben noch solch warme Töne gesummt hatte. Gerade hatte sie wenige Sekunden lang ihren Vater geliebt. Geliebt wie … wie damals. Dort.
«Nein!», stieß er durch die verkeilten Lippen. «Irina kauft für unser Fest mit Sicherheit keine Gans. Für das, was hier gegessen wird, sorge ich!»
Er drehte sich um und ging zurück zum Tisch. Seltsam – der weiche Katzenjägergang war ihm geblieben. Nur jetzt wirkte seine Geschmeidigkeit wie eine Gefahr.
Alberta hastete die Treppe hinauf. Bevor sie in ihr und Irinas Zimmer ging, griff ihre linke Hand wie gewohnt nach der

Klinke der gegenüberliegenden Tür, wollte sie mit einem heftigen Ruck zuziehen, aber sie war bereits zu. Alberta drückte die Klinke herunter. Verschlossen! So abgesperrt und zugeschlossen wie die alte Kiste im Schuppen. Und auch hinter dieser Tür war am Nachmittag ein neuer Geruch gewesen. Sie blieb einen Augenblick stehen und atmete tief durch. Warum regte sie das alles so auf? Was ging sie diese alte Kiste an und was ein Zimmer, das man nicht bewohnen konnte? Sollten die hier doch machen, was sie wollten. Sie selber hatte ein Bett in diesem Haus in einem halbwegs warmen Zimmer. Sie erfüllte hier ihre Pflichten und bekam etwas zu essen. Sie lebte woanders. Noch einmal holte sie tief Luft. Dann klopfte sie an. Wenn ihre Schwester im Haus war, betrat sie das Zimmer niemals, ohne anzuklopfen. Macht man so etwas an einer Tür, die zu einem Raum führt, den man «mein Zimmer» nennt?

«Komm nur!», hörte sie Irinas Stimme.

Und Alberta musste wieder mit einem Ruck und einem Gefühl von Scham und Erniedrigung über die Schwelle treten. Keine ihrer Freundinnen klopfte an die Tür vor dem Zimmer, in dem ihr Bett stand. So war das in diesem idiotisch reichen Land, in dem der Maishäcksler so viele Maiskolben liegen ließ, dass ein gieriges Pony sich leicht hätte zu Tode fressen können. Aber er hatte ja keine Kolik, er war gesund und er war – wundervoll! Und er war – da! Da, wo sie auch war. Wo sie in Wirklichkeit lebte. Welches Mädchen mit eigenem Zimmer hatte ein Lieblingspferd wie Skuggi?

Irina saß an ihrem Schreibtisch und las. Sie bereitete sich auf eine Prüfung vor, Geriatrie: die Wissenschaft vom Alt-

Sein. Fast alle ihre Kolleginnen, die sich mit diesem Thema beschäftigten, kamen aus dem Ausland.

«Warum ist das Zimmer gegenüber abgeschlossen?», fragte Alberta.

«Ach, kümmer dich nicht darum.»

Irina las weiter. Sie nützte immer ihre Zeit.

«Und die Kiste? Die alte Kiste im Schuppen? Warum hat die plötzlich einen Deckel? Und ein Schloss?»

Da drehte Irina sich um.

«Sauber!», sagte sie. «Das find ich heftig! Hat er an einem Tag, der so angefangen hat, ich meine den Crash mit dir, hat er da nichts anderes zu tun, als seine Kiste abzuschließen?»

«Seine Kiste? Was ist da drin?»

«Kümmer dich nicht darum», wiederholte Irina.

«Bisschen viel, worum ich mich nicht kümmern soll, finde ich! Was ist hier los?»

«Halt dich da raus», verlangte Irina. «Lass Mama und mich das machen. Du bist nicht gerade diplomatisch. Wenn du dich da einmischst, explodiert das. Und Mama fällt wieder um und gibt nach.»

«Aber ich will wissen, was los ist! Ich hab schon gemerkt, dass was mit Mama anders ist. Sie hat so einen – so einen anderen Mund.»

Irina lächelte.

«Ja, sie ist super. Zum ersten Mal wehrt sie sich gegen … unseren Vater.»

Sie machte eine kleine Pause, bevor sie sagte «unseren Vater». Das hatten sich die Schwestern angewöhnt, beide, sie machten da immer eine Pause, die gerade lang genug war, dass sie hätten «Papa» sagen können, aber diese zwei albernen

Plappersilben benutzten sie nicht mehr, und wenn sie mit ihm sprachen, vermieden sie die direkte Anrede.

«Du weißt es», sagte Alberta. «Und da ist so ein Geruch, der erinnert mich an was, und du weißt es. Warum darf ich es nicht wissen?»

«Wäre nicht gut. Du bist genauso ein Kracher wie er. Du bist ihm zu ähnlich.»

«Nicht mehr als du!»

Irina zupfte an ihren kurzen, blondgefärbten Haaren.

«Bei mir ist das nur äußerlich. Da kann man was gegen machen. Du könntest dir die Haare blond und die Augen blau färben, du bist dann immer noch wie er.»

«Bin ich nicht!», schrie Alberta. «Bin ich nicht und war ich nie! Seine Lieblingsbeschäftigung in Kasachstan war, in den Bergen rumrennen und Tiere totschießen. Das würde ich nie tun!»

«Aber du hast sie gegessen.»

«Da waren sie schon tot.»

Alberta spürte, dass diese Antwort nicht viel wert war.

«Es gab ja nichts anderes», verteidigte sie sich. «Und du hast sie auch gegessen.»

«Klar. Lecker!», gab Irina zu. «Ich bin ja auch nicht so eine Tierfreundin. Aber wir sollten das jetzt lassen. Mach du deinen Kram und lass Mama und mich dafür sorgen, dass du auch weiter deinen Kram machen kannst.»

Alberta setzte sich an ihren Schreibtisch. Da lag das Buch, das sie gerade las: *Gejagt in der Wildnis.*

Noch ein Schecke, dachte sie.

Auf dem Titelbild war ein schöner Pinto-Hengst. Das Buch war aus der Bibliothek, aber sie hatte auch ein paar eigene

Bücher. Sie warf einen Blick auf ihr kleines Bücherregal. Das war ein Stück Zuhause, mehr als der alte Teppich unten im Wohnzimmer. Sie zog das Englischbuch aus ihrem Schulrucksack und schob eine Spalte Vokabeln zwischen sich und diesen Tag mit Skuggi, mit diesen Kindern, mit … Peer? Bald schon drang Antons seit einigen Wochen zuverlässig tiefe Stimme durch die schlecht isolierte Tür.

«Abendessen!»

Alberta schaute auf. Ihr Kopf hatte von den neuen Wörtern nicht viel behalten. Die schwammen, englisch und deutsch, fett und normal gedruckt, wie flinke Fische auf dem Blatt Papier herum und entglitten ihrem Blick. Aber Irina! Die sah ihr – wie lang schon? – in die träumenden Augen.

«He», sagte sie, «woran denkst du? Das – das ist kein Gaul!»

Alberta zuckte zusammen.

«Doch!», sagte sie heftig. «Das ist ein Gaul!»

Irina grinste. Nein, das war ungerecht, Irina grinste überhaupt nicht. Sie lächelte ihre Schwester sehr sanft und sehr lieb an.

«Komm schon», sagte sie leise, «erzähl's mir. Ich hab dir auch von Michael erzählt.»

Also Michael. Den Namen hatte Alberta ja bis jetzt nicht gewusst.

Michael, dachte sie, Micha, Michi, Micki, Mike …

Was sollte sie ihrer Schwester darauf erwidern? Sie hatte nur eine mickrige Silbe, kümmerliche vier Buchstaben, von denen auch noch zwei doppelt waren. Aus «P e e r» konnte man keine Namen machen, die auf der Zunge spielten. Und außerdem gab es nichts, aber auch gar nichts, das sie Irina hätte erzählen können.

«Skuggi!», sagte sie und warf mit einer trotzigen Bewegung den Kopf zurück.
«Komische Namen haben die Jungs hier», meinte Irina. «Bist du sicher?»
«Ja», platzte Alberta heraus, «ein Gaul, wie du das so gerne nennst, ein Gaul! Und ich liebe ihn!»
Irina zuckte die Achseln.
«Gehen wir zum Abendessen», schlug sie vor.
Es war offensichtlich, dass sie für Albertas Liebesleben wenig Verständnis hatte.
Das ist ihr Problem, dachte Alberta, als sie hinter Irina die Treppe hinunterging.
Problem? Hatte hier irgendjemand ein Problem?
Und sie schaute wieder voller Neid auf die schmalen Schultern und die mageren Hüften ihrer Schwester.
Ich werde nichts essen, dachte sie, und nie wieder Schokolade.
In ihrer Schublade lag noch eine Packung Pralinen. Die hatte sie billig bekommen, weil das Haltbarkeitsdatum abgelaufen war, und eigentlich sollte sie die bald essen.
Ich schmeiß die weg, dachte sie.
Warum quälten sie die paar Pfunde, die sie mehr hatte, so sehr?
Weil Isländer kleine Pferde sind, dachte sie. Ich darf nicht zu schwer werden für Skuggi. Es geht um Skuggi. Nur Skuggi!

Am nächsten Morgen in der Schule glaubte sie das wirklich. Da erfand sie sich im Erdkundeunterricht einen Mini-Skuggi. Sie stellte das Lineal aufrecht auf den Tisch, blinzelte die schwarzen Striche der Messskala an und entschied: 2,5. Genau 2,5 cm Stockmaß sollte ihr Taschenpony haben, und in diesem Format ließ sie ihn über Füller und Filzstifte springen, in ihrem aufgeschlagenen Atlas auf der grünen Fläche am Mississippi grasen und über den festen braungelben Lehmboden des Physikbuches tölten. Mit der Spitze ihres Bleistiftes tippte sie auf den Buchdeckel. Gar nicht so einfach, einen klaren Viertakt in der Geschwindigkeit für Zentimeterbeine zwischen «Elementarphysik» und «Sekundarstufe I» zu treffen.

«Du nervst!», zischte Theres sie an. «Was soll'n das?»

Alberta erklärte ihr nichts. Besser schweigen von den winzigen Mondsichelohren über dem schwarz-weiß karierten Minikörper. Theres hatte ihr liebstes Pferd verloren. Alberta verbarg ihren kleinen Schatz hinter der hohlen Hand. Auch Jana, schräg hinter ihr, hatte sich von ihrem geliebten Pflegepferd trennen müssen. Und nun verloren die beiden Freundinnen sich gegenseitig.

Es läutete zur großen Pause. Wohin mit Skuggi? Sie konnte ihn nicht in eine Tasche ihrer viel zu engen Jeans quetschen. Wie Hirsekörner prasselten seine Stecknadelhufe über ihre Handfläche. Sie setzte ihn wieder an das Ufer des Mississippi. Da gab es bestimmt genug zu fressen. Er würde auf sie warten.

Die drei gingen zusammen in die Pause. Wie immer. Es regnete. Sie setzten sich in der Pausenhalle auf eine der Bänke zwischen den Grünpflanzen in den großen Kübeln. Sie sahen aus, wie alle sie kannten, aber sie hörten sich anders an: sie schwiegen. Jana und Alberta kauten ihre Schinkensemmeln, zwischen ihnen saß Theres und knabberte an ihrem Vollkornbrot mit Shiitake-Creme. Hin und wieder kam ein Fünftklässler vorbei und zwickte ein Blatt der fleischigen Pflanze, um zu prüfen, ob es aus Plastik war. Bei dem Ersten lief ein kurzes Grinsen über Janas Gesicht. Sie suchte einen Blickkontakt zu Theres, aber die war so weit von ihr entfernt wie ihr vegetarischer Brotaufstrich von Janas Wacholderschinken. Mit einer Gruppe Jungen der 9. Klasse ging Felix vorüber. Er blieb stehen und setzte sich neben Jana auf die Bank. Das war ungewöhnlich, aber nicht mehr so völlig unmöglich wie noch im letzten Jahr. Seit einiger Zeit war es bei den Jungen dieser Klasse durchaus üblich, die Pausen mit jüngeren Mädchen zu verbringen.

«So», sagte er, «damit der Rundumbeschlag wieder komplett ist.»

Aber nur Alberta warf ihm einen dankbaren Blick zu.

«Bringt nicht viel», sagte Jana, «ein Eisen ist locker.»

Nun schwiegen sie zu viert. Alberta sah von Weitem ihren Bruder Jakob. Dann murmelte Jana kaum verständlich vor sich hin: «Wenn der Rundumbeschlag ein Eisen verliert, könnt ihr ja stattdessen Natalie aufnageln. Mir ist das egal. Ich bin ja dann weg.»

«Was?», fragte Theres.

«Natalie! Ihr könnt Natalie als viertes Eisen aufnageln. Die spitzt doch schon lange darauf. Und so wie sie bei dem Kurs auf dem Islandpferdehof geschleimt hat, will sie sich ja wohl da einnisten.»

«Jana … ich …», stammelte Theres.

«Du was?», fuhr Jana sie an.

«Natalie reitet nicht mehr», behauptete Theres, und es

war klar, dass sie eigentlich etwas ganz anderes hatte sagen wollen.

Die Stille danach war quälend. Alberta wollte etwas dagegen tun, und so brach sie die Stille mit: «Doch, Natalie reitet. Isa hat sie im Wald getroffen.»

«Ist mir scheißegal, was die macht», zischte Jana.

Und wieder diese zermürbende Stille, in der das kaum hörbare «Mir auch» von Theres verschwand wie in einem schwarzen Loch. Auch Felix ertrug das offenbar nicht.

«Wo reitet die?», fragte er.

Das war nicht sehr klug, aber offenbar war ihm nichts anderes eingefallen, und leider gab Alberta eine Antwort. Damit löste sie die Katastrophe aus.

«Keine Ahnung, aber Isa hat gesagt, sie hatte ein sehr schönes Pferd.»

«Dann könnt ihr sie vergessen», warf Jana nachlässig hin, obwohl sie doch wissen musste, was sie da tat. «Wenn die irgendwo ein richtiges und auch noch schönes Pferd aufgetrieben hat, ist sie für eure Knuddelponys natürlich verloren.»

Theres Rücken wurde steif. Der Fettrand des Schinkens, den Alberta gar nicht hatte essen wollen, erstarrte zu Eis vor ihren Lippen. Sie biss darauf, weil sie jetzt irgendwas beißen musste, und sie hatte das Gefühl, dass Schinken, Butter und Brötchen zwischen ihren Zähnen knirschten. Ihr Ellbogen berührte Theres und sie spürte, wie die zitterte. Eigentlich hätte Theres jetzt explodieren müssen, aber wenn es um Jana ging, war sie ein Blindgänger. Sie hatte sich in den letzten Monaten sehr verändert, doch gegen ihre beste Freundin konnte sie sich immer noch nicht wehren. Auch Felix starrte

das frühere Leit-Hufeisen des Rundumbeschlags nur fassungslos an. Alberta war die Einzige, die reagierte.
«Das war gemein!», warf sie über die Shiitake-Creme in Richtung der anderen Schinkensemmel. «Fies und gemein! Du weißt ganz genau, was für schicke Pferde unsere Isländer sind. Natürlich sehen sie im Winterfell ein bisschen wie Bären aus, aber du bist in deinem neuen Anorak mit der Wolfspfote auch ein Ballon.»
Jana hatte ein wenig angegeben mit ihrer neuen Wolfsskin-Jacke. Markenklamotten in dieser Preisklasse bekam sie selten. Hatte sie darum ein Modell gewählt, bei dem man die Wolfspfote der Firma schon von Weitem sah? Alberta war selber erschrocken, als ihr diese Bemerkung rausrutschte. Was sollte sie erwidern, wenn Jana mit gleichen Waffen zurückschlug? Ihre eigene Familie konnte so etwas nicht mal secondhand kaufen. Darum sprach sie schnell weiter.
«Ist ja auch kein Wunder, dass du langsam gemein und fies wirst. Viel was anderes kann man bei Bettina wohl kaum lernen.»
«O doch», fuhr Jana sie an, «bei Bettina kann man zum Beispiel reiten lernen. Richtiges Reiten! Nicht nur trippeltrappel trippel-trappel Pony!»
Theres würgte kaum gekautes Vollkornbrot hinunter und griff endlich ein: «Bei uns auf dem Islandpferdehof können schließlich alle reiten. Den Chef von deinem Ulmenhof habe ich noch nie im Sattel gesehen.»
Nicht sehr geschickt. Das konnte Jana leicht abwehren. Außerdem mochte die ihren Stallbesitzer Grohne-Wilte selber nicht leiden. Sie hing an ihrer Reitlehrerin, da war sie empfindlich. Nun zuckte sie nur die Achseln.

«Du weißt genau, dass Grohne-Wilte vor zehn Jahren einen schlimmen Reitunfall hatte, er darf nicht mehr reiten.»
«Also ich …», mischte Felix sich ein. Er zögerte. Die drei Mädchen schauten ihn an wie einen, der Rettung bringen könnte. Hilf uns!, stand in Albertas Augen. Hilf uns, dass wir nicht noch mehr streiten. Felix sprach langsam, suchte nach Worten. «… also ich … ich bin vor allem auch deshalb zum Rappenhof gegangen, weil ich die Haltung da besser finde. Also ich … möchte keine Pferde mehr aus einem Käfig holen und in einen Käfig zurückstellen, darum … Jana …»
War da fast ein Nicken von Janas Kopf?
«Aber ich reite jetzt Fantasy», verteidigte sie sich, «Andreas hat sie mir angeboten, ganz offiziell als Reitbeteiligung, du kommst ja nicht mehr, und die darf fast jeden Tag auf die Koppel. Wenn's geht, stellt Andreas seine Pferde auf die Weide. Auch Sham darf jetzt raus.»
«Aber nur allein», war Felix' Einwand.
«Er ist ein Hengst.»
«Die Andalusier von Sven und Isa sind auch Hengste, und die sind immer zusammen.»
«Soll Andreas noch einen Hengst kaufen?»
«Zum Beispiel.»
«Ja! Genau!» Theres hatte ihr Pausenbrot immer noch in der Hand. Sie machte einen verzweifelten Versuch, ihre älteste beste Freundin in ihre neue Pferdeheimat zu ziehen. «Die denken doch nicht wirklich an die Pferde da auf dem Ulmenhof. Bettina will ihre Erfolge im Turnier, was anderes …»
Da erklang der Gong zum Ende der Pause. Jana stand sehr schnell auf. So eilig hatte sie es sonst nicht, zurück ins Klassenzimmer zu kommen. Als sie an Alberta vorbeiging, konnte

die sehen, wie es in ihrem Gesicht kämpfte. Dann drehte sie sich noch einmal um.

«Keiner von euch kennt Bettina auch nur ein bisschen», sagte sie. «Ich bin die Einzige, die Bettina kennt … und mag.»

Dann ging sie zurück in die Klasse. Theres und Alberta folgten langsam. Theres packte das Brot wieder ein, sie hatte nur etwas daran genagt, und Alberta wünschte sich zum tausendsten Mal, dass auch sie, wenn sie traurig war, aufhören würde zu essen. Weit vor ihnen lief die Wolfspfote auf dem anthrazitfarbenen Anorak schon die Treppe hinunter. Darüber flatterten Janas dunkle Haare.

Sie hat sich die Haare wachsen lassen, fiel Alberta zum ersten Mal auf. Und sie ist selber auch gewachsen.

Das war nicht mehr die kleine peppige Jana, die so lange als Jüngste im Rundumbeschlag den Ton angegeben hatte.

Ist denn nichts mehr wie vor ein paar Monaten?, dachte Alberta.

Sie warf einen Blick zur Seite und sah, wie Theres' Augen sehnsüchtig der Wolfspfote nachschauten. Sollte sie nun einen Arm auf die Schulter der Freundin legen? Eigentlich machte sie so etwas nicht. Aber was tun mit dieser schrecklichen Traurigkeit? Im Klassenzimmer sank Theres auf ihren Platz und starrte aus dem Fenster. Ins Licht, in die Weite, über den See. Aber es war November. Die Sonne des letzten Sommers, des Herbstes hatte sich ganz anders in ihren Augen gespiegelt. Alberta hatte es viel viel besser. Sie wurde hier erwartet. Der Atlas lag noch aufgeschlagen auf dem Tisch. Im Mississippi-Gras schimmerte es schwarz und weiß. Millimeter-Nüstern blähten sich und schnaubten ihr entgegen. Mikro-Sichelohren zuckten, karamell mit Schokorand.

WOHIN? 6

Am Nachmittag hatte Skuggi wieder ein Stockmaß von knapp 1,40 m. Alberta sah ihn schwarz und weiß auf der Koppel zwischen Hrimfaxi und Vindfaxi steigen und bäumen, sie hörte ihn wiehern, schnauben und die Stuten quietschen, Harpa und Glana drehten ihm ihre Kruppen zu und legten die Ohren an. Über Skuggis dunklem Schopf jedoch zuckten die Spitzen seiner Mondsichelohren. Alberta fragte sich, ob er jemals die Ohren anlegte, ob er das überhaupt konnte. Er hob das linke, das gefleckte Vorderbein und stampfte patschend in eine Pfütze vom Regen am Mittag. Isa trat neben Alberta in den Paddock vor dem Stall und sagte: «Er freut sich, dass er wieder bei den anderen ist.»

Die Krankenbox war leer. Sie wartete auf ein schwer verletztes Pony.

«Es tut mir so leid, dass wir ihn nicht in der Herde lassen können», seufzte Isa.

Alberta schaute nach rechts. Da war der Paddock der Señores und darin der Stall, den die beiden Andalusierhengste nur zur Hälfte bewohnten. Die andere Hälfte wurde nun für eine Kleingruppe Isländer vorbereitet, und der feste Holzzaun für ihren Paddock war fast fertig. Er grenzte mit einer Seite an die Koppel der Herde.

«Da muss er dann hin?», fragte Alberta.

Isa nickte: «Ich schlafe keine Nacht, wenn der nicht in Holz eingezäunt ist. Heute Nacht war er in der Krankenbox, aber die brauchen wir jetzt für Svala. Sven muss nachher noch die Holzkoppel fertig machen.» Sie drehte sich um. «Komm», sagte sie, «der Wagen aus der Klinik müsste gleich da sein. Das ist ein tolles Ding. Musst du sehen.»

«Kann ich dann noch Skuggi putzen?»

«Später. Lass ihm den Spaß mit seinen alten Kumpels. Die Faxis sieht er bald nur noch durch den Zaun.»

Die beiden windfarbenen Hrimfaxi und Vindfaxi waren Skuggis beste Spielkameraden. Im Stall kam ihnen Barana entgegen. Theres folgte. Bei Bjalla blieb sie stehen und wartete. Sie zupfte mit nervösen, langen Fingern die helle Mähne ihrer Stute, die jetzt Christina gehörte.

«Der Transporter aus Zürich ist da», sagte sie.

Der Transporter aus Zürich brachte ihr eigenes Pferd. Es wurde nicht von Freude in ihrer Stimme empfangen. Sie leckte an ihrer Zahnspange und streichelte Bjalla. Aber sie folgte Alberta und Isa zum Stalltor.

In den weiten gepflasterten Hof fuhr der Pferdetransporter der Zürcher Klinik. Das Auto war groß und weiß. Sie alle wussten, darin war ein einziges kleines schwarzes Pferd.
«Passt auf», sagte Sven, «so einen Pferdetransporter kriegt ihr so bald nicht wieder zu sehen.»
«Kann man nur hoffen», murmelte Isa.
Der Fahrer wendete und näherte sich rückwärts dem Stalltor. Man merkte, im Wagen saß eine Person, die sich hier bestens auskannte. Christina begleitete ihre geliebte Svala, die vor Kurzem noch ihr Pferd gewesen war. Felix lehnte an der Wand neben dem Stalltor und kaute auf seiner Unterlippe. Er hat Christina seit zwei Wochen nicht mehr gesehen, fiel Alberta ein.
So lange Svala in der Klinik war, hatte sich Christina jeden Tag von ihrem Vater nach Zürich fahren lassen.
Und während Alberta auf den Wagen schaute, den Wagen mit Svala und Christina, verlor sie mal wieder ein Stück ihrer alten Heimat. Durch ihren Kopf klang ein altes russisches Volkslied:

Springen zwei Tänzer
vom fahrenden Wagen,
springen und tanzen
gleich weiter im Gras.

Nun verdarb ihr der Zürcher Klinikwagen die Erinnerung, denn mit dem fahrenden Wagen kamen hier zwei junge Wesen, die weder tanzen noch springen konnten.
«Jetzt sind wir beide Krüppel», hatte Christina vor ein paar Wochen zu ihrer kleinen Stute gesagt. Die war ihr nicht

nur eine liebste Freundin gewesen, die hatte ihr auch Beine gegeben, gleich vier.
Der Wagen hielt.
«Passt auf», sagte Sven wieder, «guckt euch das an.»
Zwei Männer sprangen heraus. Der Fahrer und – ein Pferdepfleger? Wohl kaum. Theres' Mutter hatte mit Sicherheit darauf bestanden, dass Svala von einem Tierarzt begleitet wurde. Die Rohners waren hier die Einzigen, für die Kosten und Nachbehandlung einer solchen Operation kein Problem darstellten. Der Fahrer öffnete die Seitentür und zog Christinas Rollstuhl heraus. Sofort war Felix da. Er schob den Rollstuhl, er rannte damit um den Wagen herum, er kaute nicht mehr an seiner Unterlippe, seine Augen strahlten. Der Fahrer öffnete die andere Tür und hob Christina aus dem Auto. Er stellte sie vorsichtig auf ihre kaum brauchbaren Beine. Sie schwankte und hielt sich an ihm fest. Ihr Blick flatterte irritiert über den Hof, an Felix vorbei. Offenbar hatte sie ihn nicht erwartet. Hatten die beiden in diesen zwei Wochen nicht einmal telefoniert? Felix ließ den Rollstuhl stehen und ging auf sie zu. Der Fahrer machte ihm Platz. Er wollte Christina weiter stützen, während er sie an Felix übergab. Aber sie hatte inzwischen wohl verstanden, warum sie von Felix erwartet wurde, hatte es vielleicht im tiefsten Innern schon lange gewusst. Geahnt? Gehofft? Sie schaute ihn an. Sie entzog dem Fahrer ihren Arm und legte ihn Felix auf die Schultern. Der fasste um ihre Taille, und da standen sie nun und sahen gar nicht aus wie ein gelähmtes Mädchen und ein hilfreicher Junge.
«Mein Gott», flüsterte Isa, «so ist das … also doch …»
Die paar Schritte zum Rollstuhl gingen sie wie zum Tanz.

Und Alberta hätte ihr altes russisches Volkslied wieder in lieber Erinnerung haben können, wenn sie es denn gewollt hätte. Sie wollte nicht!

Die kann nicht einmal laufen, dachte sie, Quatsch tanzen! Und der war mal in mich verknallt!

An ihrer linken Seite nahm sie eine Bewegung wahr. Theres öffnete die Stalltür und verschwand.

Was ist mit der?, dachte Alberta.

Keine Sonne schien auf Christinas Haar und hexte den Schimmer frisch aus der Schale gebrochener Kastanien über ihre Locken. Trotzdem war wieder dieser Glanz um sie und blieb, als sie in den Rollstuhl sank.

Ich bin doch nicht eifersüchtig, dachte Alberta. Wie sollte ich? Ich bin nicht und war nie in Felix verknallt.

Aber warum tat es dann so weh, den beiden zuzuschauen?

Doch, ich bin eifersüchtig, erkannte sie. Nicht weil ich Felix haben will, aber weil ich – weil ich das auch haben will!

Würde sie mit neunzehn, wie ihre Schwester, ihrem Vater noch immer verheimlichen müssen, dass sie vielleicht einen Freund hatte?

Christina legte den Kopf schräg zur Seite und dabei zurück. Ihre Haare berührten Felix' Handgelenk. Sehen konnte Alberta das nicht, aber sie spürte es wie einen Schmerz. Sie drückte die Klinke herunter, stemmte die schwere Tür auf und folgte Theres in den Stall.

Da war bis auf die alte Gletta niemand. Alberta wollte an dem Pony vorbeigehen, aber die kleine Schimmelstute schaute sie mit ihren dunklen Augen im weißen Gesicht an, als ob sie etwas wüsste, alles wüsste … Alberta trat auf sie zu, streckte eine Hand aus, doch Gletta drehte den Kopf weg, tauchte das Maul in den großen Wasserbottich und trank in langen, langsamen Zügen.

Die will mich auch nicht, dachte Alberta.

Sie ging weiter, bemerkte den Kater nicht, der um ihre Beine streichen wollte, und stolperte über das Tigerfell, das so steingrau war wie der Stallboden. Im Paddock stand Theres an Bjalla gelehnt. Ihre Haare hatten fast die gleiche Farbe wie die Mähne der Fuchsfalbstute.

«Willst du nicht gucken, wie sie Svala ausladen?», fragte Alberta. «Sie ist jetzt dein Pferd.»

«Dies ist mein Pferd», sagte Theres, «war mein Pferd, ich habe nur noch ein ‹War-mein-Pferd›.»

«Kann deine Mutter dir nicht Stjarni kaufen?»

«Stjarni …», in Theres' hellgraue Augen kam ein wenig Glanz. Sie schaute zur Koppel. Isas schöner Rappe spielte mit Gustur. Er schnappte, nur mit den Lippen, nach dem Maul seines grauen Freundes, dann legte er ihm den Kopf über den Hals und knabberte an seinem Widerrist. Freunde, die zwei waren allerbeste Freunde.

«Isa verkauft Stjarni nicht», erklärte Theres, «außerdem, ich will ihn gar nicht, Bjalla und ich … Alberta, du hast noch nie ein Pferd geliebt.»

Das traf! Alberta drehte rasch den Kopf weg, suchte Skuggi in der Herde, aber bevor sie ihn entdeckte, platzte es aus Theres heraus: «Ich weiß, dass es richtig war, Bjalla Christina zu geben, und ich hab es auch – gern? – ja, gern getan. Ich habe ihr wirklich gern mein Pferd gegeben, und ich finde, dafür habe ich jetzt eine Belohnung verdient. Zum Beispiel Bjalla.» Sie schwieg einen Augenblick, dann fügte sie leise hinzu: «Oder Jana.»

Und wer will mich?, dachte Alberta. Rundumbeschlag! Das waren sie mal gewesen. Oder waren sie das nie? Ein rundum beschlagenes Pferd läuft auf vier gleichwertigen Eisen. Und ich war immer nur mit Notnägeln aufgeschlagen.

«Vielleicht könntest du das mal anders sehen», sie versuchte, auf sich aufmerksam zu machen, «schließlich haben wir hier das bessere Los gezogen. Drei Viertel des Rundumbeschlags sind hier. Jana ist allein und verlassen.»

«Die ist nicht allein», zischte Theres durch ihre fast unsichtbare Zahnspange, «die hat – Bettina.»

Und sie sprach den Namen aus wie ein Schimpfwort, das Alberta zu Hause nicht hätte sagen dürfen.

Und ich habe Isa, dachte Alberta.

Sie ging zu der neuen Koppel mit dem Holzzaun. Es fehlten nur noch ein paar Latten. Eine halbe Stunde Arbeit für Sven, dann konnte Skuggi hier einziehen. Die Koppel war nass und matschig. Das machte ihren Gummistiefeln nichts aus. Sie nahm auch Skuggi nicht übel, dass er ihr außer ein paar Matschspritzern nichts entgegenbrachte. Er war jetzt ein spielendes Kind. Sobald er sich ausgetobt hatte, würde sie ihn putzen. Dreckig genug war er.

Ja, dachte sie, Jana hat Bettina, und ich habe jetzt Isa. Ein guter Tausch. Ein sehr guter Tausch!

Als sie zurück zum Stall kam, hatte sie den grandiosen Zürcher Klinikwagen mit dem Hebekran für verletzte Pferde verpasst. Svala stand in der Krankenbox, das rechte Vorderbein hatte jetzt einen festen Verband. Vor der Box saß Christina im Rollstuhl. Felix stand daneben. Sven sprach noch immer von dem Klinikwagen, doch niemand hörte ihm zu. Aber Alberta bekam mit, wie er leise zu Isa sagte:

«Felix wird nicht leiden, wenn er Pedro heute nicht reitet. Ich geh mit Laura und den Hengsten ins Gelände.»

Die Reiter für den Nachmittag trafen ein, eine Anfängergruppe. Alberta und Theres mussten helfen. Als die Kinder ihre Ponys zum Reitplatz führten, kamen Sven und Laura mit den Andalusiern vorbei. Alle schauten den prachtvollen Schimmeln nach, bis sie hinter dem Sattelschuppen verschwanden. Alberta holte sich eine Schubkarre und einen Mistboy. Auch Theres wühlte heftig im Mist und klagte nicht über entzündete Handgelenke. Die Stimmung war mies. Da stand nach der Reitstunde plötzlich Isa zwischen ihnen.

«Also», sagte sie, «ich glaube, ich muss hier mal wieder Stimmungsaufbereiter spielen. Der Stall ist sauber. Ich habe Zeit. Bis nachher die Erwachsenen kommen, mache ich euch eine Extra-Reitstunde. Ich muss euch aber Pferde geben, die ich heute Abend nicht mehr einsetze. «Christina», rief sie nach hinten, «du solltest Bjalla noch bewegen. Felix nimmt Kari», das war Svens persönliches Reitpferd, «Theres Stjarni», in deren Augen ging das Licht an, «und Alberta Skuggi.»

Die zuckte zusammen.

«Aber … aber …», stammelte sie, «Skuggi ist doch kein Anfängerpferd.»

«Nein», Isa lächelte, «aber seit gestern dein Pflegepferd, und ich glaube – ich hoffe –, er macht das für dich.»

Skuggi putzen … na klar, sie hatte ihn ja putzen wollen, aber dies war etwas vollkommen anderes: putzen und satteln und trensen und – reiten!

Sie waren nur zu viert. Ein neuer Rundumbeschlag? Mit Christina an Janas Stelle? Würde außer Felix sich jemand darüber freuen? Der feuchte Novembertag ging schon in einen kühlen Abend über, Isa schaltete die Lichter am Putzplatz an, hell, nahezu leuchtend kamen die beiden spanischen Hengste aus dem Wald, standen groß und weiß, bereit zum Absatteln neben ihren kleinen pelzigen Verwandten aus dem Norden. Sie reflektierten den Rest der fahlen Abendsonne, als beanspruchten sie etwas hochmütig zur Erinnerung an ihre südliche Heimat alles Licht, das so ein grauer Spätherbsttag in Deutschland zu bieten hatte. Dann warf Sven die grüne Decke über Pedro, Laura die rote über Rico, und die «Señores» sahen wie völlig normale Pferde aus – fast. Felix Augen klebten nicht mehr an Christina, sondern an Pedro. Der kleine Kari, Svens Apfelsinenschecke, war eigentlich nicht sein Typ Pferd.

«Felix reitet Kari», erklärte Isa, «ist das okay?»

Sven nickte: «Klar! Würde ihm gern ein paar Tipps geben, aber ich muss die Holzkoppel fertig machen.»

Theres hatte Stjarni neben Bjalla angebunden. Sie drehte sich immer mal um und streichelte die helle Stute, durchaus zusammen mit Christina. Die feindliche Spannung zwischen den beiden schien sich aufgelöst zu haben. Sie half Christina sogar, sich zu bücken, damit sie auch Barana kraulen konnte. Die Hündin hielt sich dicht neben Bjalla, sie hatte die Stute als Familienmitglied noch nicht aufgegeben. Dann ging Theres auf die rechte Seite ihres Pferdes, bürstete die schwarze Mähnenflut des Rappen, drehte sich immer mal wieder um und strahlte Alberta an. Sie waren glücklich. Skuggi war der dreckigste von allen. Da die Matschspritzer nass waren, konnte Alberta sie nicht ausbürsten, und so führte sie schließlich einen gestromten Rappschecken zum

Reitplatz, ein buntes Zirkuspferd, mitten ins Rampenlicht, denn Isa hatte die Scheinwerfer eingeschaltet.

«Unser Clown!», lachte sie. «Er sieht genauso aus, wie er ist.»

Es wurde eine Reitstunde, die Alberta ihr Leben lang nicht vergessen würde.

Christina ritt gut, sogar sehr gut, soweit das mit ihren Beinen möglich war.

Theres ritt besser. Alles, was sie in Jahren auf dem Ulmenhof gelernt hatte und dort aus Angst nicht hatte reiten können, fiel ihr hier leicht.

Felix ritt am besten. Natürlich. Wie immer.

Und Alberta?

Bjalla hatte Isa speziell für Christina ausgebildet. Christina hatte also ihr ideales Pferd.

Kari war ein Spitzenpferd. «Er ist in Island geboren», hatte Sven erzählt, «auf dem Gestüt meines Großvaters. Ich habe ihn das erste Mal gesehen, als er so zwei Tage alt war, genau wissen wir das ja nicht. Er scherte sich einen Dreck um seine Mutter, von wegen so junge Fohlen kleben an ihren Mamas. Der war überall. Wir haben knapp eine Viertelstunde gebraucht, bis wir sicher waren, zu welcher Stute er gehörte. Er flog, im Tölt, über so eine isländische Buckelwiese. Wir nannten ihn ‹Fohlen Federleicht›.»

Stjarni aber war der stille König des Stalles, still, weil er so sanft und friedfertig war, und König, weil er der Schönste war.

«Er war ein in Island gekörter Zuchthengst», hatte Isa berichtet, «aber er kämpft nicht. Nicht mit anderen Pferden und nicht auf einem Turnier. Er kann alles, ein Bewegungskünstler, aber er ist ein bisschen schreckhaft. Das wollen die Isländer nicht. Darum wurde er kastriert und darum ist er jetzt hier.»

Und Skuggi?

Alberta war hilflos.

Er hatte sich brav von ihr putzen lassen und dabei ein paar Leckerlis erobert, doch zum Arbeiten hatte er keine Lust. Er wieherte, blieb an der Umzäunung des Reitplatzes stehen, und die beiden Faxis antworteten: «Komm! Komm spielen!» Und Skuggi scharrte am Zaun, als wollte er ein Loch buddeln, um darunter durchzukriechen.

«Tut mir leid, Alberta», sagte Isa, «ich hatte gehofft, er macht das für dich. Aber er will nicht. Sei nicht traurig, so ist er nun mal.»

Aber Alberta war mehr als traurig. Sie war verzweifelt.

«Willst du dir schnell ein anderes Pferd satteln? Wen kann ich dir geben? Blesi ist schon gegangen, und ich brauche ihn heute Abend noch mal.»

Alberta wollte kein anderes Pferd. Sie nahm die Gerte in die andere, die rechte Hand und tippte Skuggi an die Schulter. Darauf reagierte er sehr empfindlich, und es gelang ihr, ihn von der Umzäunung wegzutreiben. Er rannte hinter Stjarni her, lief viel zu dicht auf, versuchte, den Rappen in den Schweif zu kneifen. Der schöne Schwarze war zu sanftmütig, um auszuschlagen, aber er verspannte sich, kam aus dem Takt, Theres schaute zurück. ‹Bitte, halt Abstand›, sagte ihr Blick.

Noch handelte Alberta, wie sie es gelernt hatte. Sie setzte sich tief in den Sattel, nahm die Zügel an – nicht festziehen! – annehmen/nachgeben, annehmen/nachgeben. Er wurde langsamer, aber unbequemer, er lief nicht Trab und nicht Tölt, er warf die Beine durcheinander und schüttelte seine Reiterin, er zwickte Stjarni in die Kruppe, der fing an, hektisch mit dem Schweif zu schlagen.

«Volte, Alberta», rief Isa, «versuch eine Volte!»

Alberta legte den rechten Schenkel zurück, nahm den linken Zügel kürzer, gab mit dem rechten nach, ja, Skuggi ging vom Hufschlag, aber er lief keine Volte. Als er Stjarni nicht mehr vor seiner Nase hatte, fing er an zu rennen. Mit einem heftigen Ruck riss er ihr die Zügel aus der Hand, sie hielt sich mit der linken Hand am Sattel fest, die andere umklammerte immer noch die Gerte, schon dachte etwas tief in ihr: Nicht hergeben das! Festhalten! Meine Waffe!

«Hooooohhh», klang Isas Stimme, dunkel und ruhig. Doch sie erreichte den Schecken nicht. Der sprang und rannte über den Reitplatz, dass Alberta sich mit beiden Händen festhalten musste. Beinahe hätte sie die Gerte verloren, doch es war eine Wut tief in ihr, die ließ sie nicht los. Von der Koppel wieherte Vindfaxi oder Hrimfaxi. Skuggi antwortete und blieb plötzlich stehen. Alberta wurde nach vorn geworfen, aber da er den Kopf wiehernd hochgehoben hatte, stürzte sie nicht, sondern krachte gegen seinen Hals. Die fast vergessene Wunde an ihrer Schläfe tat wieder weh, und in ihrem Bauch explodierte die Wut. Sie nahm die Zügel in die linke Hand, streckte beide Beine zur Seite und trat die Hacken ihrer Gummistiefel in Skuggis Bauch. Ihre rechte Hand holte weit aus, und die Gerte schlug pfeifend auf die schwarz-weißen Flanken. Skuggi machte einen erschrockenen Satz nach vorn, sie riss die Zügel zurück, da rannte er nicht weiter, er blieb zitternd stehen.

Isas Gesicht war plötzlich dicht neben ihr.
«Steig ab!», hörte sie ihre Stimme, die fremd und furchtbar klang.
«Isa – ich – es – tut – mir – leid –»
«Steig ab!»
Sie sprang vom Pferd. Sie berührte Skuggis Hals mit den Fingerspitzen. Zum ersten Mal erlebte sie, dass er die Ohren anlegte, die Mondsicheln verschwanden im schwarzen Mähnenhaar, und endlich ließ sie die Gerte fallen.
«Weißt du, das kennt er nicht», Isas Stimme klang wieder fast normal, «das kennen wir hier alle nicht.»
«Das weiß ich – Isa – ich – es – tut – ich – ich –»
«Nix ich. Es geht hier jetzt nicht um dich. Wir reden später darüber. Es ist wohl besser, wenn ich Skuggi versorge.»
Alberta streckte noch einmal die Fingerspitzen nach Skuggi aus, aber sie traute sich nicht, mehr als seinen Sattel zu berühren. Dann drehte sie sich um und ging. Sie verabschiedete sich nicht von Theres, nicht von Felix, nicht von Isa. Im Stall saß Dimmalimm, die Abendkatze, klein, zart, schwarz wie die Nacht, war sie nur in der Nacht zu sehen. Sie tauchte erst auf, wenn es dunkel war. Wo sie die Zeit des Tageslichtes verbrachte, wusste niemand. Alberta hockte sich auf den Boden und streckte eine Hand nach ihr aus, aber Dimmalimm ließ sich nicht anfassen. Das war völlig normal, kein Grund für Alberta, darum traurig zu sein. Doch sie fühlte sich jetzt auch von der Katze abgelehnt.
Durch die Dunkelheit fuhr sie nach Hause. Wohin? Der alte abgetretene Buchara-Teppich war schon lange kein Zuhause mehr. Sie wohnte da nicht. Sie übernachtete da nur. Ihr

Zuhause war der Rappenhof. Sie hatte einmal wieder eine Heimat verloren.

Sie heulte den ganzen Weg. Sie fuhr dahin … wohin? Wo ein neuer, ein alter Geruch war. Wo eine Kiste und ein Zimmer verschlossen waren. Wo ihr niemand sagte, was darin war. Wo Irina gesagt hatte: «Du bist wie unser Vater.»

Sie dachte an Skuggi, der gezittert hatte, als Isa ihn vom Reitplatz führte, und sie wusste: Irina hat recht. Ich bin wie mein Vater.»

SCHWERGEWICHT IM SATTEL 7

Am nächsten Morgen hatte Alberta drei sehr schwere Aufgaben.

Erstens: Sie musste aufstehen, in die Küche hinunter, ihrem Vater begegnen und dabei denken: Ich bin wie er, wenn ich wütend bin, schlage ich zu.

Zweitens: Sie musste in die Schule gehen, neben Theres sitzen und konnte mit ihr nicht über den Rappenhof reden, am wenigsten über Skuggi.

Drittens: Sie musste zum Rappenhof fahren. Das war das Schlimmste.

Gleich nach dem Mittagessen brach sie auf, kümmerte sich nicht um verschlossene Zimmer oder Kisten. Den merkwürdigen Geruch nahm sie gar nicht mehr wahr. Auf ihre Schularbeiten konnte sie sich ohnehin nicht konzentrieren. Also zog sie sich um, nahm automatisch ein paar Mohrrüben aus dem Kühlschrank – für wen?

Es war windig, aber trocken und nicht gar zu kalt. Als sie an dem erst kürzlich abgeernteten Maisfeld vorbeikam, fuhr sie schneller, als sie sich dem Stall näherte, langsamer. Und dann blieb sie gar stehen, so sehr graute es ihr vor dem leeren weiten Hof. Keine Möglichkeit, sich zu verstecken! Noch nie hatte sie sich hier verstecken wollen. Sie dachte an Theres, die auf dem Ulmenhof immer mit hohen Schultern und eingezogenem Kopf durch die Stallgasse geschlichen war, als wollte sie sich irgendwo verkriechen. Theres war dort nicht glücklich gewesen. Würde Alberta nun hier auf dem Rappenhof niemals wieder glücklich sein?

Rechts in der großen Scheune, der zukünftigen Reithalle, wurde gearbeitet. Sie sah Sven am Hallentor, wartete, bis er vorbei war, und raste über den Hof.

Das ist verrückt, dachte sie, feige und verrückt.

Sie holte sich sofort eine Schubkarre und einen Mistboy und machte sich an die Arbeit, kaum schaute sie nach den Pferden, trotzdem sah sie Skuggi im neuen Holzzaun-Paddock. Er spielte mit Loki. Immerhin, mit einem seiner engen Freunde war er zusammengeblieben.

«Hallo.» Das war Isas Stimme. Alberta antwortete: «Hallo.» Mehr fiel ihr nicht ein.

«Lass das mal. Ich bin früh dran und kann den Mist selber absammeln.»

Das war schlimmer, als sie befürchtet hatte. Durfte sie nun nicht einmal mehr den Stall ausmisten?

«Ich möchte, dass du zehn Minuten mit ihm grasen gehst.» Alberta hob den Kopf.

«Mit …», das war zu leise, das konnte Isa doch gar nicht hören, sie musste sich die Kehle frei husten, dann krächzte sie: «Mit wem?»

«Na, mit wem wohl? Wenn du ihn durch irgendwas wiedergewinnen kannst, dann indem du ihm etwas ganz Besonderes zum Fressen gibst. Und das ist jetzt Gras. Geh da hinten zu dem Grasplatz. Schau auf die Uhr. Zehn Minuten. Mehr Gras sollte er nicht fressen. Ich seh dich von hier. Wenn du ihn nicht wieder da wegkriegst, komme ich und helfe dir.»

Alberta gab Isa den Mistboy.

«Danke», flüsterte sie.

Isa nickte, schaute sie aber nicht an.

Alberta holte sich das gelbe Halfter mit dem gelben, verdreckten Führstrick. Sie streichelte es an der Innenseite, da wo es Skuggis Kopf berührte. Dann ging sie zum Holzpaddock. Dass er zu ihr kommen würde, hatte sie nicht erwartet. Aber dass er rückwärts lief, den Kopf hochwarf und weiter rückwärts lief, schmerzte sie sehr. Durfte sie ihm ein Stück Mohrrübe geben? Es war verboten, die Pferde auf der Koppel zu füttern. Aber die anderen Pferde waren jetzt weit entfernt. Sie musste ihm eine Mohrrübe geben, anders kam sie gar nicht an ihn heran. Skuggis Fressgier war stärker als seine Angst. Während er kaute, konnte sie ihm das Halfter überstreifen, und er folgte ihr zum Grasplatz. Sie ließ ihm den Strick möglichst lang. Er kümmerte sich nicht um sie. Gierig rupfte er die letzten Grashalme.

«Bitte, Skuggi, es tut mir …», begann sie leise und sprach nicht weiter. Wozu? Das hatte keinen Sinn.

Die Zeit! Sie hatte vergessen, auf die Uhr zu schauen. Wie lange fraß er schon? Sie wartete noch fünf Minuten. Nicht weit von ihr lauerten Isidor und Goewin vor einem Mäuseloch, der Kater geduckt, die Hündin auf drei Beinen stehend, die rechte Vorderpfote erhoben, aufmerksam, gespannt. Etwas ungeduldig waren ihre beiden Krähen, die sie oft auf der Mäusejagd begleiteten. Sie fraßen immer, was Hund und Katze von der Maus übrig ließen. Fordernd hüpften sie im Gras herum und krächzten. Fünf Minuten. Skuggis Grasmahlzeit war zu Ende. Alberta zupfte am Führstrick. Er rührte sich nicht.

«Bitte, Skuggi …»

Er fraß unbeirrt weiter. Vorsichtig zog sie am Führstrick. Das war kein Ruck, nur ein schüchternes Spannen der Leine. Er warf den Kopf hoch und riss sie mit sich zurück. Isa hatte sie beobachtet und kam sofort. Alberta wusste nicht, was schlimmer für sie war, Skuggis Scheuen oder Isas Nähe.

«Geh mal zum Putzplatz», sagte Isa. «Sven wartet auf dich.»

Auf dem Putzplatz standen Kari und Gletta. Beide trugen Halfter, der Führstrick war lose um eines ihrer Ohren gelegt. Sie hatten gelernt, mit dem Führstrick über den Ohren ruhig stehen zu bleiben und auf Sven zu warten. Er kam aus dem Schuppen, Karis Sattel über dem Arm.

«Hallo, Alberta», sagte er, «hol dir Glettas Sattel, aber keine Trense, wir reiten aus.»

«A- aber», stotterte Alberta, «wieso reiten wir aus?»

«Weil wir miteinander reden müssen. Das geht gut beim Reiten durch den Wald. Außerdem muss ich Kari bewegen, Felix reitet heute Pedro. Und Gletta tut ein kleiner Ausritt auch gut.»

«Aber ich kann die doch gar nicht reiten.»
«Nein, darum sollst du auch keine Trense holen. Ich nehme Gletta als Handpferd. Du sitzt nur drauf, und das kannst du.»
Es hätte schön sein können. So neben Sven dahinzureiten und auf seinen Apfelsinenschecken zu schauen. Doch sie dachte an anderes. Unruhig wartete sie darauf, dass er mit dem Gespräch begann. Und als sie die asphaltierte Straße verließen und den Waldweg erreichten, sagte er: «Hätte mir auch passieren können.»
«Wie? Was?»
«Ach, Alberta, ich bin schon so grob mit Pferden gewesen. Ich meine, früher. Jetzt hab ich mich im Griff. Aber früher … Da packt einen die Wut und dann ist man nicht mehr man selber.»
«Aber genau das ist die Frage», wandte Alberta ein, «wann bin ich denn ich selber? Wenn ich ganz vorsichtig den Sattel auflege und darauf achte, dass ich den Gurt nicht gleich festziehe? Oder wenn ich Skuggi schlage, trete, Zügel reiße? Wann?»
«Du hast recht. Das ist die Frage. Und die Antwort ist ja wohl nicht schwer. Du bist beides. Und deine Aufgabe ist, das eine mehr und das andere weniger zu werden. Ziemlich einfach.»
Ziemlich einfach? War das ein guter Rat oder ein schlechter Witz?
«Die Pferde sollten sich jetzt warmtraben», sagte Sven. «Entlastungssitz oder Leichttraben. Was dir lieber ist.»
So ein Genuss! Alberta trabte leicht. Das hatte sie schon auf dem Ulmenhof gelernt. Gletta hatte nicht den kurzen

Pony-Trab des kleinen Blesi, sondern weite, weiche Bewegungen. Sven ritt im Entlastungssitz, sein großer Körper schwebte über dem schwingenden Rücken des kleinen Pferdes, das einmal «Fohlen Federleicht» geheißen hatte. Als der Weg abwärts führte, parierte Sven beide Pferde durch zum Schritt.

«Ich sag dir, warum das passiert ist», nahm er das Gespräch wieder auf. «Du wolltest zu viel. Du hast dich ja wirklich gut mit Skuggi verstanden. Er ist dir entgegengekommen, als es dir schlecht ging. Isa hat mir das erzählt von deinem Vater. Ich weiß also, warum du da ein Pflaster neben dem Auge hast. Da war Skuggi dir sehr nah. Aber dann hast du alles an ihn gehängt, da hat er ‹nein› gesagt und du bist ausgerastet. So geht das nicht. Du darfst dich nicht mit deinem ganzen Schwergewicht auf ein Pferd knallen.»

Und vorbei war das Gefühl von Glettas schwingendem Trab.

«Ich weiß, dass ich zu fett bin», sagte sie heftig, «und ich …»

«Unsinn», unterbrach er, «so hab ich das nicht gemeint. Außerdem bist du nicht zu fett. Das ist Quatsch. Und ich habe das anders gemeint. Sagt man hier so. Manchmal fehlen dir noch ein paar Kleinigkeiten der deutschen Sprache. Also, mit dem ganzen Gewicht meine ich die komplette Summe deiner Probleme. Die hast du Skuggi auf den Rücken gepackt, und die trägt kein Pony und kein Großpferd. Dafür sind die nicht gebaut und nicht geschaffen. Skuggi sollte die Lösung für alles sein, und damit benutzt du ihn und nutzt ihn aus. Aber ein Skuggi macht das nicht mit. Kleiner Tölt?»

«Warte! Du hast recht. Woher weißt du das so genau?»

«Kleiner Tölt! Dann erzähl ich's dir.»

Gletta wollte zuerst wieder Trab gehen. Sven parierte noch einmal durch, und schon hatte die Schimmelstute verstanden. Obwohl ihr niemand eine Zügelspannung gab, lief sie in lockerem, taktklarem Tölt.

«Sven», rief Alberta, «das Pferd ist genial! Müssen wir weiterreden? Du hast doch mal gesagt: ‹Nicht reden! Reiten!›»

«Altes isländisches Sprichwort», grinste er, «manchmal erfinde ich alte isländische Sprichwörter.»

«Lass uns reiten», bat Alberta, «lass uns alles vergessen. Ich tu's nie wieder. Versprochen!»

Und sie ritten den langen Töltweg, ohne zu reden. Aber dann schüttelte Sven den Kopf.

«Vergessen funktioniert nicht. Dann ändert sich nichts. Und Pferde vergessen nicht. Skuggi wird dir vergeben, aber nicht vergessen. So, und nun erzähle ich dir, warum ich das alles so gut weiß. Weil ich meine Pferde schon benutzt habe, meinen ganzen Schulärger, meinen Krach mit Eltern und Freunden sowie allerlei Liebesfrust herumzuschleppen. Alberta, du solltest durch diesen miesen Vorfall gestern nicht nur etwas über dich selbst lernen, sondern auch über andere. Deine Reiterwelt ist eingeteilt in Turnierreiter gleich böse und Freizeitreiter gleich gut. Aber an der Stelle ist nicht der Schnitt durch die Reiterwelt. Es gibt welche, die sind wirklich ihren Pferden zugewandt, und es gibt welche, die benutzen sie nur als Lasttiere für ihren ewigen Alltags- und Feiertagsschrott, packen das hinter den Sattel, steigen nach dem Reiten ab, lassen die armen Tiere den Müllsack weiterschleppen.»

«Du meinst», überlegte Alberta, «ich bin nicht besser als Bettina? Die hat sich auch so auf ihre Pferde geschmissen, als ihr der Freund abgehauen ist.»

Sven lachte: «Janas Bettina! Ist die denn wirklich so furchtbar? Du hast doch mal behauptet, ich sei wie die.»
«Das habe ich aber nicht wirklich …»
«Doch, das hast du so gemeint! Und vielleicht hast du auch recht. Alle unsere Pferde sind ‹Nutztiere›. Alle Reiter haben ihre Pferde schon mal auf diese Weise ausgenutzt. Auch die tadellose Isa. Also Alberta, ich glaube, wir haben uns verstanden. Du haust nie wieder einem von unserem Pferden einen solchen Zügelruck ins Maul, und wir beide haben keine Probleme miteinander. Das Problem ist Isa.»
Albertas gerade aufkeimende Erleichterung fiel wieder in sich zusammen.
«Isa versteht das nicht», fuhr Sven fort. «Und sie mag dich gern. Sehr. Sie ist fürchterlich enttäuscht, dass du anders bist, als sie sich dich ausgedacht hat. Was immer Isa im Umgang mit Pferden schon falsch gemacht hat, sie ist nie grob geworden. Mein Engel im Sattel. Manchmal wenn ich sie reiten sehe, denke ich: Sind wirklich Pferde die besseren Menschen? Sind nicht manchmal auch Menschen die besseren Pferde? Also nicht wenn sie ihren Stjarni reitet. Dann denke ich das nie. Dann ist der Fall klar. Stjarni besteht aus 368 kg Sanftmut. Glaub's mir, wir haben ihn gewogen.»
«368 kg Sanftmut?», zweifelte Alberta.
«Na ja, wenn er gerade geäppelt hat, sind es vielleicht 3 Kilo weniger. Aber er hat keine anderen Inhaltsstoffe. Und bei Isa ist das eben nicht so. Die besteht nicht aus 56 Kilo Sanftmut. Die hat höchstens 40. Der Rest ist Gnadenlosigkeit. Isa ist gnadenlos sanftmütig. Und damit hast du ein Problem, Alberta. Und Isa auch.»

Das stimmte. In den folgenden Tagen versuchten sowohl Alberta als auch Isa, dieses Problem zu lösen, aber Isa stieß immer wieder an ihre Grenzen. Sie gab sich die größte Mühe, schickte Alberta noch einmal mit Skuggi zum Grasen oder ließ sie abends in der neuen Holzzaun-Gruppe Heu verteilen. Sie durfte Skuggi, wenn er geritten wurde, sein geliebtes Müsli-Futter bringen, und beide sahen sie, dass sich die Vertrautheit zwischen Alberta und dem Pony nicht wieder einfinden wollte. Dann ging Isa Alberta aus dem Weg. Die litt fürchterlich und erkannte, dass der freundschaftliche Umgang mit Isa noch wichtiger war als Skuggi. Äußerlich hatte sich nichts geändert. Sie durfte Blesi in einer Anfängergruppe reiten, Isa gab ihr sogar eine Einzelstunde, alles war wie vor jenem Dienstag – und doch vollkommen anders. Einmal stießen sie im Sattelschuppen fast zusammen. Alberta half den jüngsten Reitkindern, die Pferde herzurichten, und Isa kam mit Ricos Sattel. So standen sie sich gegenüber, getrennt durch einen spanischen Dressur- und einen isländischen Töltsattel.

«Bitte, Isa», flehte Alberta, «sag mir, was ich noch tun kann, damit du mir nicht mehr böse bist.»

«Ich bin dir nicht böse», antwortete Isa, «ich habe nur geglaubt, du bist jemand anders. Jetzt muss ich dich neu kennenlernen. Tut mir leid, ich brauche für so was immer ziemlich lange.»

Dann schoben sie die Sättel – Dressur rechts, Tölt links – aneinander vorbei.

Den Rest der Woche fühlte Alberta sich immer tiefer hinuntergezogen. Als sie am Donnerstag zur Schule fuhr, in den Fahrradkeller kam und ihr Superrad lautlos hinter Jana und Theres rollen ließ, hörte sie gerade noch, wie Jana sagte: «Also echt! *Das* hätte Bettina nicht gemacht!»

Sie hat es ihr erzählt, dachte Alberta. Jetzt hat Theres ihr alles erzählt. Musste das sein? Und musste Jana solchen Unsinn schwätzen? Sie hatten alle erlebt, wie Bettina ziemlich grob mit ihren Pferden umging, wenn sie wütend wurde.

Am Freitag hatten sie wieder Erdkunde, und kein Mini-Skuggi, Stockmaß 2,5 cm, graste in ihrem Atlas auf der grünen Fläche, wo der Mississippi in den Atlantik floss.

Am Samstag kramte sie die billigen Pralinen, das Sonderangebot jenseits des Mindest-Haltbarkeitsdatums, aus der hintersten Ecke ihrer Schublade hervor. Sie riss und biss an der zugeschweißten Folie, zerfetzte Plastik und Pappe, stopfte sich eine Praline in den Mund und noch eine, kaum hatte sie Nougat und Nusscreme geschmeckt. Langsamer nahm sie die nächste und biss einmal mitten durch den zartbitter dunkelbraunen Würfel. Nun erst genoss sie die zergehende süße Masse auf ihrer Zunge. Aber als sie die angebissene Hälfte in ihrer Hand anschaute, zuckte sie erschrocken zusammen. Das musste man nur noch umformen zu einem Mondsichelohr, die Farben stimmten genau: Karamell mit Schokorand. Angewidert stieß sie die Packung zurück und knallte die Schublade zu. Aber eine halbe Stunde später aß sie alles auf, nicht ein halbes Mandelblättchen blieb zurück. Danach ging es ihr noch schlechter und sie zwang sich zu dem Entschluss, sich auf etwas zu freuen. Da war noch das Buch: *Gejagt in der Wildnis*, die Geschichte von einem schönen gescheckten Fohlen, das seine Menschen verloren hatte und sich einer Mustangherde anschloss. Aber sie konnte sich die Pferde in dem Buch nicht mehr vorstellen. Sie sah nicht mehr die großen Schecken in den Bergen, sondern den kleinen mit den Mondsichelohren, und sie schlug das Buch zu. Worauf konnte sie sich freuen? Die Auswahl war nicht groß.

Peer!, fiel ihr ein.

«Peer» war der einzige freudvolle Gedanke, der nicht im Laufe dieser schrecklichen Woche verdorben war.

Montag kommt er wieder, dachte sie.

Wenn sie bis dahin ganz wenig aß, könnte ihr dann vielleicht die schwarze Jeans passen, die sie zu klein gekauft hatte?

In der Nacht von Sonntag auf Montag war sie allein in dem Zimmer. Irina war wie gewohnt zum Altenheim gefahren. Nachtschicht? Schichtwechsel! Und Alberta wusste, ihre Schwester verbrachte die Nacht bei und mit Michael. Schlaflos wälzte sie sich in ihrem Bett und schaute immer wieder hinüber zu Irinas Seite. Auf einmal fehlten ihr die regelmäßigen Atemzüge von dort. Warum? Die waren die ganze Woche über nicht da gewesen, und sie war froh gewesen, allein zu sein. Aber da war Irina im Altenheim gewesen. Und nun war sie bei ihrem Michael. Und Alberta ertrug es nicht, allein zu sein. Sie drehte sich auf den Bauch, drückte das Gesicht in die Kissen und zwang sich zu denken: Peer. Morgen kommt Peer. Ich will meiner Großmutter ähnlich sehen. Sie steht mir.

8 WILDERER

Das gelbe Halfter! Wie war es Alberta vertraut geworden in der letzten, dieser schrecklichen Woche. Am Montagnachmittag wartete sie im Reiterstüble mit Felix auf Isa. Die kam, alle drei Halfter in der Hand, und mit halb abgewandtem Gesicht reichte sie Alberta das grüne von Blesi, und Felix bekam das gelbe.

«Das ist Skuggis», sagte er, «glaubst du, ich werde mit ihm fertig? Ich kenne ihn überhaupt nicht.»

«Du wirst mit fast jedem Pferd fertig», versicherte Isa. «Außerdem hat Skuggi diese Aufgabe angenommen. Er wird keinen Unsinn machen.»

Dann schaute sie Alberta an, und so wie sie lächelte, traurig und etwas bemüht, schnitt sie ihr mitten durch das Herz. Sie gab ihr auch das rote Halfter und sagte: «Holst du mir bitte Stjarni auch?»

Und Alberta dachte: Oh, bitte, Isa, bitte, kannst du nicht BITTE! einen anderen Fehler haben, als so vollkommen tadellos zu sein?! Svens Engel im Sattel! Ich halt das nicht aus. Sei doch wenigstens wütend und sauer auf mich. Dann hätten wir wieder etwas gemeinsam. Ich bin auch wütend und sauer auf mich!

Neben Felix ging sie dann durch den Stall und blinzelte auf das baumelnde Ende des gelben Führstricks, das so schmutzig war, weil Skuggi es Laura aus der Hand gerissen und durch den Dreck geschleift hatte.

Im Paddock sprang ihr eine fröhliche Barana entgegen, und Theres stand mit verkniffenem Gesicht an ihre Freundin Bjalla gelehnt. Als sie aber das rote Halfter sah, hob sie den Kopf.

«Ich helfe dir mit Stjarni», sagte sie.

Alberta gab ihr das Halfter gern. Bloß weg von Isa und dieser Tadellosigkeit. Gnadenlos, hatte Sven das genannt. Ja, gnadenlos.

Als sie Blesi das grüne Halfter über die Ohren streifte, wurde ihr bewusst, dass der kleine Fuchs niemals ihr Lieblingspferd gewesen war. Sie hatte ihn gern und er war der Einzige, den sie schon ein bisschen reiten konnte, das war alles.

Sie banden die Pferde auf dem Putzplatz an.

«Kriegst du ein Pferd zum Ausreiten?», fragte sie Theres. «Auf dem Reitplatz sind jetzt wir mit diesen Kindern. Oder warum bist du hier?»

«Bekloppte Idee von meiner Mutter», erklärte Theres. «Ich

soll da zugucken. Ich soll diese Kinder sehen. Ich soll mich Problemen stellen, bla, bla, bla, kennst meine Mutter.»
«Du kannst doch nicht da stehen und die anglotzen.»
«Eben. Vielleicht gibt Isa mir doch ein Pferd zum Ausreiten. Oder ich guck nur den Typ an, der das Auto fährt. Den kann man angucken.»
Alberta rubbelte heftig an einem Klumpen Dreck, der in Blesis dickem Winterpelz hartnäckig am Bauch klebte.
«Der kommt doch wieder, der Typ, oder?», fragte Theres.
«Welcher?»
Lüge! Eigentlich war auch das schon wieder eine Lüge. Sie wusste doch genau, welchen Typ Theres meinte. Sie wusste es im Kopf. Sie wusste es im Bauch. Aber sie hatte keine Zeit für Typen. Der Klumpen Dreck musste unbedingt aus Blesis Fell, denn an dieser Stelle lag der Gurt. Und als sie den Motor des sich nähernden Kleinbusses hörte, war sie tief unter Blesis Bauch gebeugt, und alle mussten glauben, sie hätte einen solch roten Kopf, weil einem halt das Blut in den Kopf steigt, wenn man ihn so lange nach unten hält.
«Ach, schade.»
Das war Theres. Was fand die schade?
«Dann muss ich jetzt wohl wirklich sehen, dass Isa mir ein Pony gibt. Gosh! Alberta, wie hältst du das aus?»
Alberta schaute in das erschrockene Gesicht ihrer Freundin. Na klar, die lebte mit ihrer Mutter umgeben von Luxus und von lauter Dingen, die so schön waren, dass man sie kaum anfassen mochte. Für sie mussten diese Kinder ein totaler Schock sein. Alberta drehte sich um, sah, wie der lange dünne Mann und Frau Marstätter den Kindern aus dem Wagen halfen. Kein Peer.

Isa kam aus dem Paddock, grüßte, schaute sich um.
«Ist der Zivi nicht da? Peer?», fragte sie.
Frau Marstätter zuckte die Achseln.
«Hat sich versetzen lassen. Wir konnten den auch nicht brauchen. Er sei ein Ästhet. Solche Ästheten können wir nicht brauchen.»
«Was ist ein Ästhet?», flüsterte Alberta.
«Ähh, jemand, der …», begann Theres, «der nur das Schöne mag oder so.»
Alberta lehnte den Kopf an Skuggis Hals.
Ästhet. Das Schöne. Nur das Schöne. Mag. Mochte er mich? Warum? Er ist weg. Den seh ich nie wieder.
Und sie hätte so dringend noch einmal solch einen Blick gebraucht. Direkt in ihre Kirgisenaugen. Die sie von der kasachischen Großmutter hatte. Die ihr so gut stand. Der weite Pulli fiel ihr locker über die Hüften, die wieder nicht in die neue schwarze Jeans gepasst hatten.
Sie lief in den Schuppen und holte die Voltigiergurte, schleppte gleich alle drei auf einmal herbei und die Sattel-Pads dazu, so erklärte das Gewicht ihren weiterhin roten Kopf.
«Wir kriegen einen anderen Zivi», erklärte Frau Marstätter. «Jetzt müssen wir mal so rumkommen. Hallo, Alberta, führst du heute nicht den Karo Bär?»
«Karo Bär! Karo Bär!»
Felix hatte den Gurt noch nicht festgezogen, da hingen Christians Krallenhände schon in Skuggis Mähne.
«Ahh, Theres!» Isa ging sehr erfreut auf ihr 368-Kilo-Sanftmut-Pony zu. «Was für ein Glück, dass du da bist. Du führst Stjarni, ja? Dann kann ich mich um die Kinder kümmern.»

Theres sträubte sich nicht. Sie nickte und kratzte Stjarnis vierten Huf aus.
So lernte Alberta nun Herrn Kiefer kennen. Die viereckige Frau Marstätter war ja schon schlimm genug gewesen mit ihrem ewigen «Alberta! Alberta!». Andere Leute sprachen sie doch auch nicht ständig mit ihrem bekloppten Namen an. Das klang wie ein Papagei, der außer «Alberta» nichts gelernt hatte. Das war doch ein Tick. Kriegen alle Leute, die viel mit – Behinderten zu tun hatten, auch eine Macke?
Beinahe hätte sie anstelle von «Behinderten» ein anderes Wort gedacht, aber das erlaubte sie sich nicht. So ähnlich wollte sie ihrem Vater wirklich nicht werden. Und jetzt dieser Herr Kiefer. Der war ja wohl völlig absurd. Er war entsetzlich lang und dünn, musste aber enorme Muskeln haben. Offenbar ohne jede Anstrengung packte er einen dicken Jungen, sagte: «Hopp!», riss ihn hoch, der Junge verzog das Gesicht zu einer Art Grinsen, und Herr Kiefer warf ihn auf Blesis Rücken. Sowohl Alberta als auch das Pony zuckten zusammen.
«Bitte», sagte sie leise, «könnten sie die Kinder etwas vorsichtiger auf das Pony setzen? Das tut ihm sonst weh.»
«Oh ja», aus Laternenhöhe schauten erschrockene Augen auf sie hinunter, «oh ja, ich passe auf.»
Aber in der nächsten Runde klatschte er den kleinen quietschenden David mit genauso viel Schwung bäuchlings über Blesis Rücken.
«Bitte», sagte Alberta.
«Oh ja.»
Er hielt den zappelnden David am Hosenbund und wich geschickt den tretenden Beinen aus. David war das Kind, das

die Beine nicht spreizen und darum nicht auf dem Pony sitzen konnte. Er musste auf dem Bauch über dem Rücken liegen. Alberta konnte sein Gesicht nicht sehen. Wollte es auch nicht. Aber der Blick nach vorn auf Skuggis zweifarbenen Schweif machte sie auch nicht glücklich. Und wie sollte sie ihre Ohren verschließen vor dem Geheule und Gekreische, mit dem Christian um seinen Karo Bär kämpfte? Sie hasste das alles. Und am meisten sich selbst.

Später, als der Wagen aus Lautenbühl endlich abgefahren war und sie die Pferde versorgt hatten, standen die drei Resteisen des Rundumbeschlags auf dem Putzplatz zusammen. Felix und Theres wirkten merkwürdig zufrieden.

«Skuggi ist genial», sagte Felix.

«Stjarni auch», sagte Theres.

Es entstand eine Pause, in der Alberta hätte Blesi loben müssen. Aber irgendwie konnte sie das nicht.

«Und der Kleine hat ganz liebe Augen. Wenn er kriegt, was er will», meinte Felix.

Welcher Kleine? Alberta verstand überhaupt nichts mehr. Aber Theres hatte verstanden.

«Du meinst den mit der roten Mütze? Der immer ‹Karo Bär› schreit?»

«Ja.»

«Find ich auch. Der ist süß.»

Alberta drehte sich um, holte eine Schubkarre und wühlte verbissen im Mist. Kaum hob sie mal den Kopf und löste den Blick von Pferdeäpfeln und verdrecktem Stroh. Trotzdem sah sie Theres durch den Paddock gehen. Die führte Vindfaxi oder Hrimfaxi zum Putzplatz. Sie konnte nicht erkennen, welcher von Skuggis windfarbenen Freunden es war.

«Alberta», rief Theres, «Isa und Felix reiten die Señores. Ich darf Hrimi reiten. Isa kann dir leider kein Pferd geben, weil Blesi schon gegangen ist. Kommst du gucken?»

Nein! Alberta wollte nicht zuschauen!

«Ich helfe Sven füttern!», rief sie und schob die kleine Manadis beiseite, die mit den Griffen der Schubkarre spielte und die Karre beinahe umgeworfen hätte. Sehr sachte drängte sie die junge Stute fort, die war erst vier, fast noch ein Fohlen. Nicht wütend werden auf ein neugieriges Pferdekind, das doch nichts als spielen will.

«Problem?», fragte Sven plötzlich hinter ihr.

«Nicht mit Manadis.»

«Aber mit den vierzig Kilo Sanftmut plus sechzehn Kilo Tadel- und Gnadenlosigkeit?»

«Achtzehn», meinte Alberta, «die hat an der Stelle zugenommen.»

Zwar fühlte sie sich, solange sie mit Sven zusammenarbeitete, etwas besser, aber als sie das Heu verteilt hatten, brachte eine begeisterte Theres ihr windfarbenes Pony zurück in den Stall.

«Es gibt viele tolle Isländer», rief sie, «Hrimi ist super!»

Zwei Stunden später war Alberta immer noch wütend. Die Wut war wie ein übler Schnupfen, der ihr alle Schleimhäute im Kopf anschwellen ließ, sodass sie schlecht hören, schlecht sehen, fast nichts riechen und schmecken konnte. Sie saß am großen Küchentisch zwischen Irina und Jakob, stopfte Brot, Butter, Wurst, Käse in sich hinein, alles schmeckte gleich, nämlich gar nicht. Es wäre also ein geeigneter Abend gewesen, um endlich mit dem Abnehmen anzufangen. Aber als die Mutter ihr die letzte Salami hinschob, weil das doch ihre Lieblingswurst war, schnappte sie sich die rot- und fettgescheckte Scheibe und zog sie auf ihr Butterbrot. Und sie hatte doch nie wieder Salami essen wollen. Schon lange nicht mehr. Seit Theres ihr erzählt hatte, dass in Salami Pferde- oder Eselsfleisch gehört («die echte italienische mit Haflinger»). Aber sie biss in ihr Brot, kaute und schluckte, schmeckte weder Butter noch Schwein noch Esel, schon gar nicht Haflinger, und musste immer weiter schlucken, obwohl sie nichts mehr im Mund hatte. Sie presste die Augen zu, biss wieder ins Brot, damit sie etwas anderes zu schlucken hatte als ungeweinte Tränen. Und wahrscheinlich weil das Sehen, Hören, Riechen, Schmecken wenig oder gar nicht funktionierte, kam ihr plötzlich die Erinnerung: Waffenöl.

So ist das ja nicht selten. Man hat einen Namen vergessen oder eine Melodie, und man denkt und zerdenkt sich den Kopf, aber es fällt einem nicht wieder ein. Und plötzlich, während man überhaupt nicht mehr daran denkt, während man etwas ganz anderes macht, steht da auf einmal der Name wie auf Papier gedruckt. Oder die Melodie klingt durch das Gehirn, dass man sie sofort singen könnte.

Waffenöl!

Kein Grund zum Singen.

Alberta starrte auf ihr zum Halbmond gebissenes Salamibrot. Abnehmender Mond. Untergehender Mond. Bevor sie ihre Reaktionen wieder in den Griff bekam, hatte sie das Brot hinuntergeschlungen bis zum Neumond, hastig, als würde sie in diesem Haus nie wieder etwas zu essen bekommen, zumindest nichts Anständiges, rechtmäßig Erworbenes, und sie flüsterte: «Waffenöl.»

Die Kiste. Das Zimmer. Verschlossen. Der Geruch, nicht unangenehm, ein wenig scharf mit einem Hauch von Salmiak: Waffenöl …

Das also würde das Festessen zu Weihnachten! So wollte ihr Vater für die Familie sorgen! Darum konnte es keine von Irina gekaufte Gans geben! Ihr Blick verließ den leeren Teller. Sie warf den Kopf zurück. Sie starrte ihren Vater an und schrie: «Waffenöl! Es riecht nach Waffenöl!»

Er zuckte die Achseln, lächelte, nickte.

«Was hast du vor?», brüllte sie. Aber sie wusste es ja. «Blöde Frage», fuhr sie fort, «ist ja wohl klar, was du vorhast. Du machst uns kaputt! Alle! Irinas Stelle, Mamas Job – alles! Du kommst in den Knast, und wir sind kriminelle Aussiedler. Wir sind nicht mehr in Kasachstan. Wann kapierst du das endlich?! Man kann hier nicht einfach in den Wald gehen und sich einen Weihnachtsbraten schießen. Wenn du das machst, bist du ein … ein … wie nennt man das?»

Da hob Anton den Kopf und mit einer schrecklichen Verachtung in der Stimme sagte er: «Wilderer.»

In ihrem Haus an der Bahnstation hatte es fast immer nach Waffenöl gerochen. Ihr Vater hatte seine beiden Gewehre geliebt. Sie waren ein Teil von ihm gewesen. Alberta erinnerte sich, wie sehr er gelitten hatte, als er sie hier in Deutschland abgeben musste. Ohne Gewehr war er kein vollständiger Mann. In Kasachstan hatte er sie einmal in der Woche auseinandergenommen, gereinigt und geölt. Am Wochenende, wenn keine Pendlerzüge fuhren und die Mutter die Arbeit am Bahnhof übernehmen durfte, war er auf die Jagd gegangen. Oder zum Angeln. Fischen und Jagen war in Kasachstan frei, jedem erlaubt, der ein Gewehr hatte und eine Angel. Und jeder Mann hatte ein Gewehr. Oder zwei. Und eine Angel. Albertas Erinnerung funktionierte wieder gut. Zu gut. Sie roch nicht nur Waffenöl. Sie roch den gespickten Hasenbraten im Backofen, sie schmeckte ihn wild und würzig auf der Zunge, schmeckte ihn stärker als das hastig verschlungene Salamibrot.

«Ich weiß sehr wohl, wo wir sind», sagte der Vater mit seiner dunklen Stimme leise und ruhig. «Wir sind in einem verrückten Land, in einer verkehrten Welt, wo Männer nicht jagen und nicht singen. Das Gewehr haben sie mir weggenommen. Und wenn ich singe, finden die das hier unmännlich. Absurd. Das Gewehr war ein Teil von mir. Ja, ich habe wieder ein Gewehr.»

Und er summte leise vor sich hin.

«Ich weiß», sagte Alberta fast flüsternd und lauernd, «ich weiß, wo …»

«Bitte, Alberta», unterbrach ihre Schwester, «mach nicht alles kaputt. Lass Mama und mich das …»

«Was Mama und du?», fuhr ihr Vater dazwischen. «Was glaubt ihr, was ihr könnt, Mama und du? Ich sag euch, was ihr könnt. Ihr könnt euch mal wieder was Vernünftiges zwischen die Zähne schieben. Nicht diese Wurst aus Gammelfleisch. Weihnachten gibt es, weiß noch nicht, möchte mal ein Reh … Und ich werde singen! Laut!»

Rechts neben Alberta zitterte ihr kleiner Bruder Jakob. Links neben ihr flüsterte Irina: «Bitte, sag nichts mehr.» Die Mutter hielt den Kopf über den Teller gesenkt. Die blonden Haare verdeckten ihr Gesicht. Das Messer, mit dem Anton Kerben in die Tischplatte schnitt, gehörte nicht zum Essbesteck. Alberta sagte: «Wilderer.»

Das schien ihren Vater nicht zu ärgern. Er stand auf, ging zur Tür.

«Wilderer!», rief Alberta ihm nach. «Das wird hier bestraft. Du ziehst uns da alle rein!»

«Du hältst dich raus», verlangte er.

«Das werde ich nicht!» Auch Alberta stand auf. Sie ging ein paar Schritte auf ihn zu und sagte: «Ich weiß, wo du das Gewehr hast. Die Kiste im Schuppen hat jetzt ein Schloss. Aber ich krieg die auf. Irgendwo gibt es hier ein Beil.»

Das Wort «Beil» war wie ein Stichwort, und wie ein Axtschlag sauste seine Hand an ihren Kopf, links an den hohen Wangenknochen ihrer kasachischen Großmutter. Und damit flog ihre Hand hoch, ihre rechte Hand flog hoch und holte aus, schlug aber nicht zu. Das ging so schnell, Schlag auf Nicht-Schlag, als wären ihre beiden Arme Teile derselben Maschine, und das waren sie ja auch. Doch der Alberta-Teil dieser Maschine funktionierte nicht. Nicht so. Da gab es eine Schaltung quer durch den Kopf, da gab es eine Sperre, die verlangte: Halt! Es war nicht Angst. Sie dachte: Skuggi. Und: Ich schlage niemals wieder, wenn ich wütend bin. Zentimeterweise, wie in Zeitlupe, sank ihr Arm. Die Wunde an der Schläfe war jetzt eine Woche alt. Sie brach nicht wieder auf. Doch sie tat weh. Mehr als je zuvor. Aber der Schmerz erreichte Albertas Augen nicht. Darin war nur Wut. Zwei Paar schwarze Kirgisenaugen spiegelten sich: Wut in Wut.

Sie ging. Die ersten Schritte langsam, rückwärts. Dann lief sie, rannte, zwei Stufen überspringend die Treppe hinauf. Das Zimmer gegenüber? Wozu brauchte er das Zimmer gegenüber? Hingen da schon tote Hasen? Enten? Tropfte Blut durch die Ritzen des morschen Dielenbodens? Sie riss den Schul- und den Wanderrucksack aus der Ecke, warf hinein, was sie brauchen könnte. Für ein paar Tage. Dann würde sie weitersehen. Das Buch. Über den Pinto, den Schecken in der Wildnis Amerikas. Das musste mit. Sie hatte in diesem Haus nun auch keine Schlafstelle mehr. Sie wollte hier nicht mehr übernachten. Nicht gegenüber von toten Hasen, Enten und – bald – einem Reh.

Im Schuppen schaute sie nicht nach der Kiste.

Ich komme wieder, dachte sie. Mit einem Beil!

Sie fuhr durch die Dunkelheit. Es regnete, ein nieseliger Sprühregen ohne Tropfen. Ihre Jacke war einigermaßen wasserdicht. Der Rücken blieb völlig trocken. Aber ihre Knie waren schnell patschnass. Wohin? Seit einer Woche ihr ständiges Fragewort. Zu Theres! Frau Rohner hatte gesagt, sie sei ein jederzeit willkommener Gast. Oder zu Jana? Auch deren Haus stand ihr offen. Nein, Theres! Erst mal diese Nacht. Dann weitersehen. Jugendamt? Jetzt nicht daran denken. Woran denken? Und als sie nach dem richtigen Gedanken suchend lautlos durch Nässe und Finsternis fuhr, brachen Erinnerungen, alte und neue, aus allen Zimmern, aus allen dunklen Kellerlöchern ihres Gehirns: Die Morgenluft an einem Sonntag an dem See ihrer Heimat. Der Vater hatte sie mit auf die Jagd genommen. Der Teppich «Zuhause» in ihrem Wohnzimmer, als er noch zu Hause war. Die Augen der sterbenden Ente. Die Jagd war erfolgreich. Isas Augen heute, als sie das gelbe Halfter Felix gab. Das letzte Weihnachtsfest in Kasachstan. Wie er gesungen hatte, der Vater, so viele Lieder. Und der Duft, ein Festessen, es roch nach etwas, das einmal «Hase» geheißen hatte und das nun «Braten» hieß. Skuggis erschrockener Blick, als er vor ihr zurückwich und rückwärts lief. Karo Bär! Karo Bär! Und die schrillen Schreie aus einem schiefen Mund. Glettas lockerer Tölt auf dem Waldweg, Fohlen Federleicht an ihrer Seite. Jugendamt? Und der zitternde Skuggi, nachdem sie ihn geschlagen hatte.

Ich hasse ihn! Ich bin wie er. Ich hasse mich. Schneller. Theres! Zu Theres!

Aber da war sie schon auf einem anderen Weg. Und zehn Minuten später stand sie keuchend mitten in dem großen Hof. Im Stall war es dunkel. Aber in der Scheune, die umgebaut wurde, brannte Licht. Ein kleiner dunkler Schatten schlich am Stalltor vorbei, Dimmalimm wahrscheinlich, die Abendkatze. Alberta schaute ihr nach, bis sie im Holzpaddock verschwand. Dann schob sie das Rad langsam zur Scheune.

Sven war dort. Er nagelte die Bretter für die Bande an. Gut die Hälfte des Raumes war schon bis zu einer Höhe von 1,50 m mit Holz verkleidet. Wenn man in diese Richtung schaute, fühlte man sich wie in einer Reithalle. Alberta überlegte, wie sie auf sich aufmerksam machen sollte, aber das erledigten die Hunde für sie. Lleu und Goewin rannten begeistert kläffend auf sie zu. Sven ließ erstaunt den Hammer sinken.

Sie wollte ihm ihre Geschichte erzählen, aber er unterbrach sie: «Lass uns zu Isa gehen, dann musst du nicht alles zweimal sagen.»

Beide hörten ihr still zu.

«Reh», murmelte Sven, «hoffentlich kann er ein Reh von einem Rehbock unterscheiden, hoffentlich schießt er keinen Bock.»

«Ich find beides gleich schlimm», meinte Alberta.
«Für das Tier, ja, für deinen Vater ist das nicht gleich. Die Böcke haben Schonzeit. Wenn er einen Bock schießt … das merken die Jäger, da werden die unangenehm, die Böcke wollen sie selber schießen, wenn die wieder ein Geweih haben.»
«Haben die jetzt keins?», fragte Alberta erschrocken. «Wie kann man die dann unterscheiden. So schnell?»
«Der weiße Fleck, den sie auf dem Hintern haben, unter dem Schwänzchen, der sieht bei einem Reh aus wie ein umgekehrtes Herz und bei einem Bock wie eine Niere. Wahrscheinlich merkt dein Vater erst, wenn das Tier wegrennt, auf was er danebengeschossen hat.»
«Das ist jetzt nicht wichtig», meinte Isa, «jetzt geht's erst mal um Alberta.»
«Natürlich kannst du hier bleiben», sagte Sven, «aber wir müssen bei euch anrufen. Die müssen wissen, wo du bist.»
Alberta nickte. Isa saß neben ihr und lächelte.
«Warum hast du nicht zurückgeschlagen?», fragte sie. «Nicht weil du Angst hattest, sondern …»
«… weil ich an Skuggi dachte, ja. Weil mir plötzlich einfiel, dass ich auf meine Wut aufpassen muss.»
Isa stand auf. Sie bewegte sich so leicht, als hätte sie sechzehn bis achtzehn Kilo Tadel- und Gnadenlosigkeit verloren.
«Ich richte dir ein Zimmer», sagte sie.
Alberta schlief wenig in der Nacht. Wenn sie wach war, konnte sie an Isa denken und an Skuggi und daran, dass sie hier auf dem Rappenhof war und dass sie hier wieder glücklich war. Doch sobald sie einschlief, träumte sie von Kirgisenaugen und wusste nicht, zu wem sie gehörten.

9 LIEBLINGSPFERD

«Als ich Stjarni zum ersten Mal sah, war er fünf und noch nicht kastriert, weil er ein Zuchthengst werden sollte», erzählte Isa. «Es war in Island auf dem Gestüt von Svens Großvater. Das ist jetzt sechs Jahre her. Sven wollte mich seiner Mutter vorstellen, weil da schon ziemlich klar war, dass wir zusammenbleiben würden.»
«Nur seiner Mutter?», fragte Alberta.
«Ja. Sven ist in Deutschland geboren, aber seine Eltern haben sich ziemlich bald getrennt, und seine Mutter ging zurück nach Island. Ich habe seinen Vater nur einmal gesehen. Ein Fremder. Aber du hast nach Stjarni gefragt.»
Das stimmte nicht so ganz. Was Alberta hatte wissen wollen,

war: «Isa, wie kriege ich ein Lieblingspferd? Wenn du mir ein Pflegepferd zuteilst, so wie Blesi, dann wird das doch nicht mein Lieblingspferd. Ich dachte, es ist Skuggi, aber das hab ich vermasselt.»

«Er ist es nicht», hatte Isa geantwortet, «und nicht nur, weil du das vermasselt hast. Er hatte schon vorher ‹nein› gesagt.»

Und dann erzählte ihr Isa diese Geschichte:

«Ich mag Svens Großvater schon. Obwohl – er macht es einem nicht leicht, ihn zu mögen. Er ist so ein typischer Isländer. Bisschen herb. Ziemlich. Wie fühlst du dich, wenn dir jemand ein Riesengeschenk macht, aber eine verrückte Forderung daran hängt? Er hat sozusagen verlangt: Du kannst dir ein Pferd aussuchen, aber ich erwarte von dir, dass du dich anders entscheidest, als du bist. Er hat nämlich gesagt: ‹Aber wähle eins mit Widerstand, eins, mit dem du kämpfen musst!› Und, Alberta, ich kämpfe doch nicht mit Pferden.»

Sie saßen in der Küche. Es war kurz nach dem Mittagessen. Alberta saß beim Essen auf dem Stuhl neben Isa, doch ihren Teller schob sie zum Auffüllen immer in Svens Nähe, denn nur da gab es Fleisch. Für sich selber kochte Isa vegetarisch. Alberta hatte einen alten Islandpulli von Isa an. Der war rot mit etwas grau im Muster und ziemlich ausgeleiert, sodass er Alberta passte. Sie fühlte sich wohl darin, nicht nur weil sie nun wie die meisten am Hof mit einem Islandpulli herumlief, sondern auch, weil es Isas war. So war das nicht irgendein Secondhandartikel. Sie hatten noch ein paar Minuten Zeit, bevor sie in den Stall gingen. Sven war schon wieder in der großen Scheune, die er seit gestern «Reithalle» nannte.

«Nun», fuhr Isa mit ihrer Geschichte fort, «Svens Großvater

hat allerdings nicht damit gerechnet, dass ich mich für den größten aller Widerstände entscheide. Stjarni war eins von den vielleicht zehn Pferden auf dem Hof, das er mir unmöglich schenken konnte. Aber für mich gab es kein anderes. Und das konnte ich doch nicht sagen.»

«Hast du es Sven erzählt?»

«Nein, aber er hat es gemerkt. Er war ganz traurig. Er wollte so gern, dass ich mit strahlenden Augen auf eins der über hundert Pferde zuflog, aber neben Stjarni gab es für mich gar nichts. Und dann kam der Tag, an dem sich Stjarnis Schicksal entschied. Sven sollte ihn für eine Zuchtprüfung vorbereiten, aber Stjarni hatte keine Lust. Er machte alles, was von ihm verlangt wurde, aber eben «Dienst nach Vorschrift». Er präsentierte sich nicht. Svens Opa war stinksauer. Auf dem Rückweg zum Stall scheute Stjarni dann vor einem Stein, einfach nur ein Stück Felsen, keine Ahnung, was er daran auf einmal so gefährlich fand. Er lief rückwärts und wollte nicht daran vorbei. Und die Isländer mögen keine ängstlichen Pferde. Dann passierte beim Füttern noch etwas, da war es ganz aus. Sven hatte Stjarni schon das Futter hingestellt, etwas Kraftfutter und ein paar Möhren. Ich hatte die Schimmelstute Hrimma geritten, die war ein ziemlich rangniedriges Pferd. Gerade wollte ich ihr den Futtereimer bringen, da machte sie einen Schritt auf Stjarni zu. Ich bin völlig sicher, dass sie sagte: ‹Kann ich eine von deinen Möhren haben?› Stjarni ging einen Schritt beiseite, sie holte sich eine Möhre, fraß sie in aller Ruhe, und er steckte seine Nase wieder in den Futtereimer. Sven stand neben mir und flüsterte mir zu: ‹Du, das ist dein Pferd und du kriegst ihn.› Sein Opa hat Stjarni bald danach kastrieren lassen So bekam ich ihn.»

«Schön», sagte Alberta, «genauso etwas möchte ich auch einmal erleben.»
«Wirst du», versicherte Isa, «ganz bestimmt.»
Sie hatte recht. Am Ende dieser Woche traf Alberta «ihr» Pferd. Und es war genauso «unmöglich» wie Isas Stjarni.

Aus der großen Scheune wurde nun wirklich eine Reithalle. Wenn man durch das breite Eingangstor trat und sich nach links wandte, ging die Bandenverkleidung so weit rundum, wie der Blick reichte, und der große leere Raum sah wirklich wie eine Reithalle aus. Die hohen Türflügel waren ausgehängt. Hier sollte eine Schiebetür eingebaut werden. Hell genug war es auch, denn bei der zum Hof gerichteten windgeschützten Wand waren nun alle Mauerreste aus dem Fachwerk entfernt. Durch die Balken fiel genügend Licht. Es fehlte nur noch ein letzter Rest der Bande und natürlich der Hallenboden.
«Wir schaffen es, bevor uns der Reitplatz zufriert», sagte Sven.
Die Nächte waren schon ziemlich kalt. Im Laufe dieser Woche verwandelte sich eine alte Lüge in eine Viertelwahrheit, denn Alberta arbeitete jetzt wirklich mit dem Schmied zusammen. Gustur, Hrimfaxi und Skessa wurden beschlagen, und Alberta hielt die Hufe auf. Allerdings wurde sie von keinem der Ponys getreten. So übertrieben genau muss man alte Lügen denn doch nicht korrigieren. Hrimfaxi bekam einen Winterbeschlag, das heißt Hufgrip und Schraubstollen.
«Überraschung», versprach Isa, «hoffentlich kriegen wir genug Schnee. Dann wirst du sehen, was die Faxis alles können.»

Zum ersten Mal sah Alberta, wie Hufgrip aufgeschlagen wurde, eine Art Plastikschlauch zwischen Huf und Eisen. Wenn sich nämlich Schnee in einem beschlagenen Huf sammelt, wird er da immer mehr zu einem festen Eisklumpen zusammengepresst und das Pferd läuft wie auf Schlittschuhen. Der Hufgrip-Schlauch aber wirft die Schneebatzen vorher von der Hufsohle. Außerdem bekam Hrimfaxi Eisen mit Schraublöchern für Stollen.

Es gelang Alberta, Skuggis Vertrauen zurückzugewinnen.

«Am Montag», versprach Isa, «kannst du wieder Christians Karo Bär führen.»

Und Alberta las. Bis tief in die Nacht las sie Svens und Isas Bücher über Islandpferde. Sie schlief immer noch schlecht.

Natürlich brauchte sie weitere Kleider, Socken, Wäsche, auch ihre Reithose und den Helm. Also musste sie nach Hause. Isa wollte sie fahren. Sie rief vorher an, vergewisserte sich, dass die Mutter und Irina da waren, und sie deutete an, es wäre wohl besser, wenn Alberta und ihr Vater sich nicht sähen.

Sie sahen sich nicht. Aber Alberta spürte ihn. Es war nicht nur der Geruch nach Waffenöl, der jetzt auch in der Küche hing, es war, als sei der Vater überall anwesend. In den Augen ihrer Mutter erschien er als Angst und in denen ihrer Schwester als eine Mischung aus Zorn und Traurigkeit. Alberta glaubte, ihn in dem Zittern von Jakobs Unterlippe zu erkennen und in den frischen Kerben, die Antons Messer in die Tischkante geschnitten hatte. Als sie an der verschlossenen Wohnzimmertür vorbeiging, wusste sie: Da ist er. Sie blieb stehen.

Ich sperre ihn hier ein, dachte sie. Er kommt nicht da raus, solange ich hier stehe. Ich bleibe hier stehen bis Weihnachten. Inzwischen kauft Irina eine Gans.

Aber dann ging sie die Treppe hinauf. Aus der nun verschlossenen Tür gegenüber von ihrem Zimmer kam wieder ein merkwürdiger Geruch. Waffenöl? So etwas Ähnliches war dabei, etwas Scharfes, Frisches. Aber auch etwas Unangenehmes. Ihre Sachen hatte sie schnell gepackt. Anton trug ihre Bücher die Treppe hinunter.

«Sonntag ist der 1. Advent», sagte ihre Mutter.

«Ich weiß.»

«Du kommst nicht.»

«Nicht solange es hier nach Waffenöl riecht.»

«Er gibt nicht nach.»

«Ich auch nicht.»

Aber der Abschied von der Mutter und den Geschwistern fiel ihr schwer. Als sie im Auto saß, sagte sie: «Ich hasse ihn.»

Und Isa sagte: «Es wird kalt. Morgen früh ist es glatt. Ich bringe dich mit dem Auto zur Schule.»

«Ich kann mit dem Rad fahren. Ich bin vorsichtig.»

«Benutze deine Vorsicht lieber dazu, dass du dir genau überlegst, wen du hasst.»

«Außer meinem Vater niemand.»

«Was hast du geantwortet, als deine Mutter gesagt hat: ‹Er gibt nicht nach›?»

Alberta drehte den Kopf zur Seite und starrte in die Dunkelheit.

Ich hasse ihn, dachte sie, er ist wie ich.

10 PFERDE AUF PFOTEN

Und dann kam diese Nacht: Es war die erste Nacht, in der Alberta im Gästezimmer des Rappenhofs richtig schlief und bis zum Morgen durchgeschlafen hätte. Doch mitten in der Nacht hörte sie Isas Stimme vor ihrer Tür. Schrill. Albertas Halbschlaf versuchte einen Traum daraus zu machen, aber der schrille Ton von Isas Stimme passte nicht einmal in einen Albtraum. Und als sie leise, aber durchdringend Sven hörte: «Lass sie schlafen. Sie braucht mal ein bisschen Schlaf», da sprang sie hellwach aus dem Bett.

«Wir können den Stall nicht allein lassen!» So hatte Isas Stimme noch nie geklungen. «Svala ist immer noch ein verletztes Pferd. Ich lasse …»

Und als Alberta die Tür aufriss, sagte Sven gerade: «Wir gehen doch sonst auch nicht um 5 Uhr morgens in den Stall.»
«Was ist los?!?»
Beide waren angezogen, bereit hinauszugehen in diese Winternacht. Albertas Blick flatterte von Isa zu Sven und zurück zu Isa. Die sagte: «Gut. Da bist du.» Keine Entspannung in ihrer Stimme, keine Erleichterung in ihrem Blick. «Du musst füttern. Sven, sie muss füttern. Wir sind nicht bis um 7 zurück. Und wir dürfen den Rhythmus nicht stören. Der Unfall mit Svala ist passiert, weil wir den Rhythmus gestört haben, Alberta, du …»
«Wildfremde Pferde, Isa. Reg dich nicht auf.»
«Er sagt, sie sind gesund.»
«Er glaubt, sie sind gesund.»
«Warum sollten sie nicht gesund sein? Sie …»
«Okay, gesunde Pferde! Wildfremde gesunde Pferde. Was geht uns das an? Hast du eine Ahnung, wie viele gesunde Pferde jeden Tag geschlachtet werden?»
«Nein, habe ich nicht. Zum Glück nicht.»
In Svens Anoraktasche tönte das Handy. Die kleine isländische Melodie, die er als Klingelton hatte, warf unangebracht fröhliche Klänge in die angespannte Atmosphäre, nur das elektronische Scheppern passte dabei zu Isas immer noch schriller Stimme. Jetzt aber schwieg sie, starrte auf Sven, der das Handy aus der Tasche zog.
«Ja?»
Und als er es wieder in den Anorak schob, war sein Gesicht reglos. Hart.
«Wenn, dann müssen wir schnell sein», sagte er. «Die schwarze Stute ist schon tot.»

Isa war schnell.
«Alberta, du …»
Aber Alberta verstand gar nichts mehr. Welche schwarze Stute? Svala? Die war eine schwer verletzte schwarze Stute. Nein –
«Alberta! Hörst du mir zu?»
Sie zuckte zusammen, nickte.
«Du kannst noch zwei Stunden schlafen.» Schlafen? Was für ein Unsinn! «Dann musst du füttern. Du weißt, wie viel Heu …»
«Isa! Ich habe noch nie allein gefüttert! Ich weiß nicht mal, wo die Lichtschalter sind.»
«Stimmt! Wir können jetzt keine Stallführung machen. Sven, du nimmst Alberta mit. Ich bleibe hier.»
Sven nickte, aber seine Augen blickten ins Nirgendwo. Das sah nicht nach Zustimmung aus.
«Sven! Versprich mir, dass du die Pferde bringst. Jetzt sind es nur noch zwei.»
Er schüttelte den Kopf.
«Wir wissen nicht einmal, ob das wirklich Isländer sind. Dieser Georg hat doch keine Ahnung. Und wenn ich nun dahin komme und es sind keine Isis, und ich lasse sie dann darum schlachten – was wirst du mir vorwerfen?»
«Rassist!»
«Genau!»
Sven lächelte, nur ein ganz klein wenig, aber es war eindeutig ein Lächeln. Und seine Stimme klang wieder wie immer, ruhig und sicher: «Zieh dich an, Alberta! Ich fahr den Hänger raus. Wir treffen uns auf dem Parkplatz. Renn nicht über den Hof, es ist glatt.»

Und er ging, er lief, Isa auch.
«Ich bringe Heu für den Hänger!», rief sie.
Alberta holte ihre Stallkleidung, Wintersachen, sie zog Isas alten ausgeleierten Islandpulli über den Schlafanzug, den Anorak darüber. Als sie in den Hof trat, war der Himmel klar und voller Sterne, hoch stand der Halbmond und es wehte ein kalter Wind. Ja, es war glatt. Sie rannte trotzdem, rutschte, wäre einmal fast gestürzt und etwas kleines, schwarzes Fauchendes rannte vor ihren Füßen davon. Sie sah Dimmalimms Augen grün im Dunkel, dann stand sie wieder sicher auf den Beinen. Sven war mit dem Allradwagen und dem Hänger schon auf dem Parkplatz. Isa riss die Beifahrertür auf.
«Beide!», rief sie hinein. «Versprich es!»
«Nein», sagte er, «ich verspreche nichts.»
«Alberta, du passt auf. Du sorgst dafür, dass er beide bringt.»
Alberta sprang in den Wagen. Isa schlug die Tür zu und Alberta hörte Sven murmeln: «Vielleicht sind die schon tot, wenn wir da sind. Wäre wohl das beste.»
Aber er trat aufs Gas, zu viel, der Wagen rutschte. Vorsichtig, konzentriert nur nach vorn schauend, fuhr er auf die Landstraße zu.
«Ich erklär dir alles, wenn wir auf der Hauptstraße sind. Da müsste gestreut sein», sagte er, ohne Alberta anzuschauen.
So musste sie warten. Die Zufahrt vom Hof entlang. Die Strecke über die Landstraße. Keine Laternen, außer den Scheinwerfern kein Licht, aber es war keine dunkle Nacht. Sie sah die Skelette der Obstbäume am Rand und einmal, von Weitem, ein paar Rehe, nur kurz, doch lang genug, um an ihren Vater zu denken, an das Gewehr in der Kiste und den fremden Geruch aus dem Zimmer gegenüber von

ihrem. Immerhin hatte sie so viel verstanden: Um Pferde vom Rappenhof ging es hier nicht.
«Also», begann Sven. Sie hatten die Hauptstraße erreicht. Da war ziemlich viel Verkehr und keine Rutschgefahr. Er fuhr schneller. «Dieser Georg, der den fiesen Artikel über uns geschrieben hat, du erinnerst dich,[4] der war im letzten Jahr doch Volontär bei der Zeitung von Janas Vater. Der ist jetzt Praktikant bei irgendeiner anderen Zeitung, und er soll einen Bericht über Schlachthöfe schreiben. So, der hat nun also was gelernt, er schreibt nie wieder einen Bericht, ohne sein Thema genau zu erforschen. Darum macht er einen Job auf dem Schlachthof, natürlich ohne zu sagen, dass er darüber schreiben will. Ich kenne den Schlachthof, der ist okay, wird von guten Tierärzten betreut …»
«Tierärzte?», wunderte sich Alberta. «Was brauchen die Tierärzte auf einem Schlachthof?»
Sven grinste im Scheinwerferlicht der entgegenkommenden Autos.
«Wir essen gern Fleisch, du und ich. Und wir wollen Fleisch von gesunden Tieren. Wollen wir doch, oder?»
Wollte sie das?
«Weißt du, was der Unterschied ist zwischen einem Menschen und einem Wolf?», fuhr Sven fort. «Beide ernähren sich zu einem großen Teil von Fleisch. Der Wolf frisst kranke Tiere, der Mensch isst gesunde.»
Was sollte das? Wohin fuhren sie? Was hatte das Ziel dieser seltsamen Nachtfahrt mit fressenden Wölfen zu tun?
«Das ist gut! Das könnte man weiterdenken», Sven lachte ohne Freude. Er schaltete einen Gang herunter, sie fuhren

4 Das wird in *Hufspuren 2: 136 Hufe zu viel* erzählt.

durch einen kleinen Ort. Links die weite große Fläche ohne Lichter nur unter Mond und Sternenhimmel, das war der See. «Wir wollen die Wölfe nicht besser machen, als sie sind. Sie würden auch gesundes Fleisch fressen, aber sie kriegen es nicht. Rehe rennen. Schnitzel nicht.»

Das alles wollte Alberta gar nicht wissen. Aber sie traute sich nicht, nach den drei Pferden zu fragen, von denen eins schon tot war. Als sie die Ortschaft verließen und Sven wieder schneller fahren konnte, sprach er weiter: «Die Tierärzte sollen auf dem Schlachthof natürlich keine Tiere gesund machen. Sie müssen kontrollieren, ob das Fleisch gesund und für den Mensch genießbar ist.»

«Woher kennst du den Schlachthof?», fragte Alberta.

«Ich war dort. Letztes Jahr hat einer von unseren Privatleuten sein Pferd da töten lassen. Das war alt und krank, man musste es einschläfern oder schlachten. Ich bin Isländer. Für mich ist es in Ordnung, dass man Pferdefleisch verwertet. Außerdem kann das Einschläfern, wenn der Tierarzt die Spritze nicht richtig hinkriegt, schlimmer sein als der Bolzenschuss auf dem Schlachthof. Nur – es ist natürlich ganz wichtig, dass man sein Pferd selber dahin bringt. Das hat die Frau letztes Jahr nicht geschafft, also habe ich das gemacht. War kein Vergnügen, aber jemand musste bei dem Pferd bleiben. Ich weiß also, dass sie da einen Spezialisten für Pferde haben. Die schwarze Stute, die schon tot ist, hat es vielleicht besser getroffen als die beiden, die noch leben.»

Würde Alberta nun endlich erfahren, warum heute gesunde Pferde geschlachtet werden sollten?

«Als dieser Georg heute zur Frühschicht ankam, waren da drei Pferde. Er meint, es sind Isländer. Darum hat er uns angerufen. Und er meint, die sind gesund. Die haben nichts, nur so dreißig Zentimeter lange Hufe.»

«Was?!?»

«Na ja, ich geh mal davon aus, dass er übertreibt. Mindestens dreißig Zentimeter, hat er gesagt. Weißt du, wenn Pferde auf weichem Boden stehen, keine Gelegenheit haben, sich die Hufe abzulaufen, und niemand sich kümmert – man wirft ihnen Futter hin, basta –, dann wachsen die Zehen vorne immer länger und biegen sich nach oben. Hast du mal diese Schnabelschuhe gesehen? Auf alten Bildern? Spätes Mittelalter. Da war das Mode. Nicht sehr passend für Pferde.»

«Aber, Sven! Dreißig Zentimeter!»

«Wir werden sehen. Oder auch nicht. Vielleicht sind die ja schon tot, wenn wir ankommen. Sehr sinnvoll ist das nicht, was wir hier machen. Typisch Isa.»

«Was machen wir denn? Was wollen wir denn?»

«Das frag ich mich auch. Also nehmen wir mal an, die beiden Stuten stehen da noch. Georg hat gesagt, da ist gerade ein Laster mit Schweinen reingefahren. Dann lassen sie die Pferde warten. Pferde werden öfter transportiert und angebunden. Schweine nicht. Die regen sich furchtbar auf und kriegen einen Herzanfall. Man muss sie ganz schnell töten, sonst sterben sie.»

«Sven, das ist …»

«Das ist ein Wettlauf mit der Zeit. Wenn sie sterben, bevor sie getötet werden, sind sie für die menschliche Ernährung ungeeignet. Der Mensch isst keine gestorbenen Tiere, nur getötete. Wir sind schließlich keine erbärmlichen Kojoten oder elenden Aasgeier.»

Er verließ die Hauptstraße und musste wieder vorsichtiger sein, die Straße war offenbar wenig befahren, aber breit.
«Wir sind gleich da», sagte er.
Darüber freute Alberta sich nicht. Und dann erkannte sie, warum der Weg so breit war: ein Laster kam ihnen entgegen. Als er an ihnen vorbeifuhr, sah sie lustige, lachende Schweineköpfe, Kälber und Rinder groß auf den Hänger gemalt.
«Hm», brummte Sven, «das ist jetzt auch ein Wettlauf mit der Zeit.»
Er gab Gas. Aber der Hänger schlingerte. Zwei vorsichtig gefahrene Kurven noch und sie sahen die langen flachen Hallen unter dem sternklaren Himmel einer Novembernacht. Aus der größten Halle fuhr gerade noch ein Laster.
«Ach so», sagte Sven, «das müssen sie alles noch verarbeiten. Könnte klappen.»
Er steuerte das Auto auf den Parkplatz. Da stand Georg. Der sagte nicht viel, lief ihnen voraus, sie folgten. Angebunden an einen Balken fanden sie die beiden Stuten. War es überhaupt nötig, sie anzubinden? Hätten sie weglaufen können? Georg hatte nicht übertrieben. Alle acht Hufe waren mindestens 30 Zentimeter nach vorn gewachsen, die Pferde standen auf dem hinteren Teil ihrer Hufe, auf den Ballen, auf schmerzenden Sehnen und empfindlichem Fleisch.
«Mein Gott», sagte Sven, «so etwas habe ich noch nie gesehen.»
Alberta sagte nichts. Ihr Blick lief von den Hufen zu den Augen der beiden Stuten. Sie nahm in diesem Augenblick nicht einmal wahr, welche Farbe die beiden hatten. Sie merkte nur: Die Hufe sagten Schmerz, aber die Augen

sagten Angst. Ja, man musste sie anbinden. Sie wären weggelaufen von diesem Ort, wie auch immer, sie hätten laufen können, nur weg, weg von hier. Das wollte Alberta auch. In der Halle brüllten Tiere. Rinder? Auf den letzten Laster waren nur Rinder gemalt gewesen. Sie drehte den Kopf weg. Weg! Nur weg!

Aber nicht ohne diese beiden Pferde.

«Und wie haben Sie sich das nun vorgestellt?», fragte Sven.

«Sind doch gesund, oder?», erwiderte Georg. «Kann man doch nicht schlachten!»

«Ob die jemals wieder laufen werden, könnte uns jetzt nicht einmal ein Tierarzt sagen. Pferde, die nicht laufen können, sind nicht gesund.»

«Aber es sind Isländer?»

«Ähh, ja. Sogar aus Island. Haben einen isländischen Brand. Mit etwas Glück kriegen wir raus, wer die sind. Keine gewöhnlichen Farben.»

Alberta sah immer noch keine Farben zwischen Hufen und Augen.

«Aber was können wir tun?», fragte sie.

Sven zuckte hilflos die Achseln.

«Sie nehmen die mit!», verlangte Georg. «Wozu haben Sie den Hänger gebracht?»

«Ich kann die nicht klauen.»

«Nein, aber wir hauen die hier raus. Ich habe gesagt, das ist tierschutzrelevant. Und ich habe zugegeben, dass ich recherchiere, und gedroht, dass ich einen ganz miesen Artikel schreiben werde. Hier ist noch ein Arbeiter, ein Türke, der hilft uns. Der hat mir auch alles über die Ponys erzählt. Also, die gehören einem Pferdemetzger, so in ein, zwei Stunden kommt der und holt sie ab, natürlich als Fleisch, nicht als Pferde. Von dem kann man sie doch kaufen, ich kann auch was dazu …»

«Ich nehm die für den Schlachtpreis, aber wenn wir warten, bis der Metzger kommt, ist es zu spät. Sobald die hier Zeit haben, werden sie die schlachten. Und ich möchte sie nicht gern klauen, nur im äußersten Notfall, na ja, ich klaue die auch.»

«Das ist ja wohl ein äußerster Notfall.»

«Kann man so sehen.»

«Ich hab Fotos gemacht. Und das haben die hier überhaupt nicht gern. Ist auch nicht ganz legal. Schließlich hab ich mich hier eingeschlichen. Trotzdem – die wissen, was abgeht, wenn ich das in die Presse bringe. ‹Genuss aus Pferdeleid› oder ‹Würziges aus leidenden Ponys›. Mir fällt schon was ein.»

«Gut, aber was machen wir jetzt?»

«Es ist noch keine 6 Uhr. Wir können den Metzger nicht erreichen. Ich hab's versucht. Mein Vorschlag: Wir gehen zum Chef vom Dienst und sagen, dass Sie die mitnehmen. Dann haben wir sie doch nicht geklaut, eigentlich nicht. Und du», er sieht Alberta an, «du bleibst hier und passt auf, dass niemand sie zum Schlachten holt. Die Schwarze haben sie schon.»

Alberta starrt ihn entgeistert an.

«Was – was soll ich machen, wenn …»

«Weiß nicht, schreien. Ich schick dir meinen türkischen Freund.»

Sven gibt Alberta sein Handy. Vorher ruft er Georgs Nummer auf.

«Nur auf die grüne Taste drücken», sagt er, «dann hast du Kontakt zu uns.»
Und sie gehen! Sie laufen. Sie entfernen sich rasch in dem künstlichen Licht der Nachtlaternen und werfen Schatten über die Schlachthofwände. Alberta schaut ihnen nach, helles Entsetzen in ihren dunklen Kirgisenaugen. Die lassen sie wirklich allein zurück! Mit zwei zum Tode verurteilten Ponys auf acht schmerzenden Hufen. Mit der idiotischen Anweisung, auf diese Pferde – wie hat Georg das genannt? – «aufzupassen». Mit einem Handy und einer bereits gewählten Nummer, die sie auf keinen Fall durch eine falsche Berührung wegdrücken darf. In zitternden Händen hält sie das silber-schwarze, ziemlich verkratzte Gerätchen. Georgs Nummer leuchtet auf dem Display. Sollte sie die nicht besser auswendig lernen? 0170 … für den Fall, dass sie die Ziffern versehentlich wegdrückt? 0170-386 … Und wenn jetzt jemand anruft? Vielleicht Isa? 0170-38642 … Alberta will etwas tun. Einfach hier rumzustehen und darauf zu warten, dass bittebittebitte niemand kommt, ist unerträglich. Eine Nummer auswendig lernen, ist immerhin so ähnlich wie «etwas tun». Sie schließt die Augen. 0710 – Mist, ihr Gehirn weigert sich, jetzt Zahlen zu speichern. Und da sie die Augen geschlossen hat, wird alles, was sie riecht und hört, stärker und schlimmer. Das Schreien! Rinder? Schweine? Kälber? Es hört sich eher menschlich an. Und ist es Blut, was sie riecht? Riecht Blut überhaupt, wenn es so frisch ist? Oder ist das Angst? Todesangst und Schweiß? Todesangstschweiß? Oder ihre eigene Angst? Ihr eigener kalter Schweiß unter dem Schlafanzug und Isas rotem Islandpulli in einer Winternacht?

Sie reißt die Augen auf. Lieber sehen! Hören und Riechen verdrängen. Zu dumm auch, dass Nase und Ohren keinen Schließmuskel haben wie die Augen. Als Erstes sieht sie einen Mann. Nähert er sich? Kommt er auf sie zu, um … Ihr linker Daumen schwebt über der grünen Handytaste. Der Mann geht weg. Er läuft doch in die andere Richtung. Kann sie vor und zurück nicht mehr unterscheiden? Was Laternen und Hallenlicht hier beleuchten, ist ein gespenstisches Chaos, ein Horrorfilm, eine boshafte Verzerrung von oben und unten, ein verwirrendes Durcheinander von rechts und links. Alberta, die hier nichts hören und nichts riechen will, hat das Gefühl, sie kann auch nicht mehr richtig sehen. Sie dreht den Kopf und erkennt, was sie übersehen hat. Da sollte sie sein. Da wird sie gebraucht. Da kann sie wirklich etwas tun. Sie blickt direkt in das linke Auge der Stute neben ihr. Es ist ein Menschenauge. Die Iris füllt nicht wie sonst bei Pferden das gesamte Auge, sondern liegt in einem weißen Augapfel wie bei einem Menschen. Haben Angst und Schmerz und das verrückte Horrorfilm-Schlachthof-Licht es menschlich gemacht? Alberta erkennt eine vernünftige, wachsame Angst, keine Panik. Da wird sie ruhiger.
Neben ihr steht ein Wesen, steht auf unsinnig mittelalterlichen Schnabelschuhen, und auf dieses Wesen kann man sich verlassen. Sie ist nicht mehr allein. Zum ersten Mal nimmt sie wahr, was sich zwischen den schmerzenden Hufen und dem Menschenauge befindet: eine für einen Isländer große, schwarz-weiß gescheckte Stute, heller als Skuggi, wie eine Landkarte sieht sie aus, wie Inseln liegt das Schwarz in schmutzig weißen Ozeanen. Der Kopf ist dunkel, aber mit einer sehr breiten Blesse, die über das linke Auge reicht.

Gleich hinter den Ohren beginnt das Weiß. Über den Rücken zieht sich ein schwarzer Fleck wie eine Mischung aus Afrika und Spanien. Daraus wächst, ziemlich genau in der Schenkellage, die Halbinsel Italien, und obwohl dies kein Ort zum Lachen ist, muss Alberta ein wenig grinsen. Hat die Stute, als die Farben verteilt wurden, etwa gesagt: «Lieber Gott, mal mir einen Stiefel dahin, wo er hingehört?»
Alberta schaut über den breiten Rücken zu der anderen Stute. Die ist kleiner und hat eigentlich gar keine Farbe. Schimmel? Nein. So vergilbt kann nicht ein ganzer Schimmel aussehen. Das ist ein kleines dickes Gespenst in einem gelblich schmuddeligen, seit Jahrhunderten nicht mehr gewaschenen Laken. So eine Farbe gibt es auf dem Rappenhof nicht. Da geht eine Bewegung durch die Pferderücken. Die gescheckte Stute schiebt ihr Gewicht nach rechts und lehnt sich gegen die kleine blasse. Vorher war es umgekehrt. Alberta erkennt: Sie stützen sich gegenseitig und wechseln sich ab. Aber die kleine, gespenstisch Bleiche zittert. Sie kann das Gewicht ihrer schweren großen Freundin nicht mehr aufnehmen.
Die ist fertig, denkt Alberta, die kann selber fast nicht mehr stehen.
Die Schecke stupst sacht gegen ihren Ellbogen. Ist in ihrem Menschenauge eine Bitte? Alberta tritt dicht an den großen Leib des Ponys, an das verschmutzte Meer vor dem fast italienischen Stiefel, und die Stute schiebt ihr Gewicht gegen Albertas Schulter. Leise schnaubt die blasse auf der anderen Seite. Alberta lässt das Handy vorsichtig in die Tasche des Anoraks gleiten. In diesem Moment braucht sie die Verbindung zu Sven und Georg nicht. Sie fühlt sich merkwürdig

sicher. Sie verdreht den Kopf und schaut über den Rücken dieses Pferdes mit dem Landkartenfell, über die Mischung von Afrika und Spanien hinweg und sucht weitere bekannte Erdteile, sucht mit angehaltenem Atem, als müsste da irgendwo ihre Heimat sein. Aber die übrigen schwarzen Flecken sind unbekannte Inseln. Ziele von Traumreisen, die ihre Eltern niemals bezahlen könnten? Sie lägen in Reichweite ihrer streichelnden Hand, wenn sie es wagen könnte, sich umzudrehen, wenn sie der Stute zumuten könnte, ihr ganzes Gewicht selber zu tragen. Noch kann sie diese Inseln nicht berühren, aber es ist nicht mehr weit bis dahin. Bis wohin? Durch den Anorak, den Pulli, den Schlafanzug, durch den vergessenen Angstschweiß fühlt sie die Wärme des Pferdes und ahnt: Dies ist der Atlas ihrer neuen Welt.

Vom Vorplatz des Schlachthofs kommt ein Mann. Alberta zuckt nicht zusammen. Sie ist bereit zu kämpfen, aber sie hofft: Bitte, lieber Gott, mach, dass der ein Türke ist.

Er ist ein Türke. Er nickt ihr zu und sagt in etwas hartem, doch korrektem Deutsch: «Ich bleibe bei dir. Die werden nicht geschlachtet, die zwei.»

«Danke», sagt sie, «bitte, können sie zu dem anderen Pony gehen und sich so hinstellen wie ich? Die können nicht mehr stehen, sie wollen sich anlehnen.»

So stehen sie und stützen jeder ein Pferd, wortlos, nur hin und wieder schnaubt leise die kleine Blasse, bis Sven und Georg zurückkommen.

«Wir erreichen den Pferdemetzger nicht», berichtet Georg, «aber der Chef meint, der lässt mit sich reden. Alles ist denen lieber, als dass ich einen Artikel darüber schreibe.»

Sven bindet die Stuten los.

«Ich würd dir ja empfehlen, möglichst bald abzuhauen», sagt er. «Jetzt, wo sie wissen, dass du für eine Zeitung arbeitest, könnte es leicht passieren, dass sie versehentlich dich schlachten. Willst du gleich mitkommen?»
«Quatsch! Ich habe mein Auto hier. Willst du sie sofort wegbringen? In einer Stunde kommt der Pferdemetzger.»
«Wir hauen ab. Wenn er mich anzeigt, schreibst du darüber.»
Sven will den Führstrick der gescheckten Stute nehmen und Alberta den anderen geben, aber die tauscht schnell die Stricke. Dann führen sie die Ponys zum Hänger. Wie die gehen! Niemals zuvor traten Pferde so leise auf Stein.
Die laufen auf Pfoten, denkt Alberta, sie treten auf die weichen Ballen wie auf verwundete Pfoten, Pferde auf Pfoten.
Und wie sie die Beine heben, Schritt für Schritt die hornigen Schnabelschuhe unter ihre schweren Körper setzen, vorsichtig, um mit den hinteren nicht auch noch die Vorderbeine zu verletzen. Das ist eine Gangart, die kein isländischer Fünfgänger beherrscht. Das ist der Gespensterschritt außerirdischer Geisterpferde. Svens Gesicht ist versteinert, in Georgs zucken die Lippen, der Türke schließt die Augen, und Alberta hat das Gefühl, barfuß über Glassplitter zu laufen.
Die gescheckte Stute geht zuerst in den Hänger. Alberta führt sie und wartet nach jedem Schritt, bis sie wieder den warmen Atem des Ponys im Nacken spürt. Die kleine Blasse folgt.
«Mich ärgert nur eins», sagt Sven, als er die Hängerklappe schließt, «dass du versprechen musstest, den Artikel nicht zu schreiben.»
«Was meinst du, wie mich das ärgert», erwidert Georg. «Ich schufte hier seit drei Wochen, und jetzt muss ich diese fiese

Arbeit an einem anderen Schlachthof noch mal machen, damit ich darüber schreiben kann.»
Sven grinst: «Aber du wirst …»
«Ich halte mein Versprechen, aber ich schreibe den Artikel.»
Sven und Alberta steigen ein. Auch auf der Hauptstraße fährt Sven so vorsichtig wie nie zuvor. Sie schweigen beide. Nur einmal sagt er: «He, Alberta, machen wir eine kleine Lektion Deutsch. Eine neue Redensart für dich, aber vielleicht kennst du die schon: ‹Pferde stehlen›.»
Alberta schüttelt den Kopf.
«Also wenn jemand ein ganz guter Kumpel ist, sagt man ‹mit dem kann man Pferde stehlen›. He, Alberta, du bist ein super guter Kumpel!»

11 SCHNABELSCHUH-ADVENTSKALENDER

Ohne Zwischenfälle erreichten sie den Rappenhof.
«Ich habe einen Teil vom Holzzaun-Paddock abgetrennt», informierte sie Isa und sah dann fassungslos zu, wie – ja, wie – sich die beiden Stuten rückwärts zentimeterweise die Hängerrampe hinuntertasteten. Sie starrte die Hufe mit zusammengezogenen Augenbrauen und halb offenem Mund an und sagte, keinen Blick von den Pferden wendend: «Alberta, mach dich schnell für die Schule fertig. Ich fahre dich.»
Alberta rannte. Was hieß: für die Schule fertig machen? Sie hatte den Schulrucksack schon am Abend gepackt. Die dicken verdreckten Stallschuhe zog sie wie immer unten im

Treppenhaus aus. Dann raste sie die Stufen hinauf, schnappte sich den Rucksack und war schnell wieder unten. Immerhin, sie hatte sich die Zähne geputzt. Isa wunderte sich nicht. Sie hatte keine Erfahrung als Mutter. Sie fragte nicht: «Hast du was gegessen?» Sie ging neben der gescheckten Stute. Alberta ließ den Rucksack an der Hauswand liegen und nahm Isa den Führstrick ab. Links neben der Stute gehend schaute sie im fahlen Morgenlicht in das Menschenauge. Es war blau. Ohne klappernde Hufe erreichten die Pferde auf Pfoten den neuen, mit Holz eingezäunten Paddock. Fünffach hatte Isa Elektrobänder gespannt, um einen Teil abzutrennen. Da ging auch kein Skuggi durch. Und sie hatte mindestens zwei ganze Ballen Sägespäne dort verteilt. Die Schnabelschuhe versanken in weichem Goldgelb. Alberta sah ein kleines Aufleuchten in dem blauen Menschenauge. Dann musste alles schnell gehen, und Isa fuhr Alberta zur Schule.
So begann ein ungewöhnlicher Schultag für Alberta.
Sie war noch nie allein in einem Auto zur Schule gefahren worden. Zwar machte Isas alter Golf nicht annähernd so viel von sich her wie Frau Rohners Volvo, aber es war Isa, die am Steuer saß. Viele Mädchen der Schule kannten sie inzwischen, und die wären alle aus jedem Rolls Royce gesprungen, um in Isas zerbeulten roten Golf zu steigen.
Außerdem war Alberta noch nie in einem Schlafanzug anstelle von Unterwäsche zur Schule gegangen.
Und so hungrig gewesen, war sie auch noch nie.
«Niemand was erzählen», verlangte Isa. «Bevor wir das mit dem Besitzer geklärt haben, musst du bitte niemand erzählen, dass du heute Nacht zwei Pferde geklaut hast.»
Alberta erwarteten sechs Unterrichtsstunden im Schlafanzug

unter einem Islandpulli. Darüber hatte sie nicht nachgedacht. Draußen war das noch ganz in Ordnung, aber schon in der Pausenhalle wurde ihr zu warm. Nun, den Anorak konnte sie ja ausziehen. Aber dann stand sie da in Isas altem Islandpulli, in ihren Winterstallhosen, die unten Matschränder hatten, stand da, selbstgestrickt und ausgebeult, zwischen lauter dreizehn-/vierzehnjährigen Mädchen, zwischen H&M, Esprit und Benetton.

Jana starrte entsetzt auf den Pulli.

«Findest du nicht, dass du ein bisschen übertreibst?», zischte sie.

Theres schaute betreten zur Seite, ein paar Mädchen kicherten, eine Nichtreiterin sagte: «Du hättest wenigstens auf das Parfüm verzichten können.»

Thommy grinste: «Schafwolle ist sexy!», und schob seine Baseballkappe tiefer ins Gesicht.

Doch das war nicht das Schlimmste. Im Klassenzimmer war es warm.

«Wie hältst du das aus?», fragte Theres.

Aber Alberta konnte den Pulli doch nicht ausziehen. Sie hustete und schniefte, tat so, als sei sie schwer erkältet, und war so rot im Gesicht, dass die Mathe-Lehrerin sie zum Fiebermessen schicken wollte. Sie verbrachte die Pausen auf der Toilette, schloss sich ein, zog den Pulli aus und saß da im Schlafanzug, bis ihr richtig kalt wurde.

Und sie hatte nichts zu essen!

«Du bist wirklich krank», sagte Theres. «Wenn du keinen Hunger hast, musst du wirklich krank sein.»

Albertas Magen knurrte unter dem grau-rosa-roten Zackenmuster des Pullis.

«Ich wusste nicht, dass Erkältung so stillos macht», mokierte sich Jana. «Auf dem Ulmenhof läuft nicht mal Hermann so rum, nicht mal, wenn er die Ställe ausmistet. Nee, das kommt nicht von der Erkältung. Das ist ein anderer Bazillus: grenzenlose Liebe zum Islandpferd. Da will man natürlich genauso zottelig und zerrupft aussehen. Ich muss wohl lernen, das zu verstehen.»

Theres schaute betroffen auf ihre Tofu-Schnitte. Sie war hilflos und verzweifelt, wenn Jana ihre Isländer verspottete. Alberta stand auf, sie verließ die Pausenhalle und ihre beiden Freundinnen, sie ging hinaus, ging durch die nieselige Novemberluft und war glücklich. Was für ein Wesen hatte sich heute Nacht an ihre Schulter gelehnt! Hatte sie angeschaut mit einem blauen Menschenauge. Hatte auf seinem gescheckten Fell schwarz-weiß eine Landkarte getragen, ferne Inseln, plötzlich so nah, fremde, noch zu entdeckende Kontinente, so vertraut wie eine Heimat, eine richtige, eine, die man nicht erst liebt, wenn man sie verloren hat. Alberta hatte nicht einmal mehr Hunger.

Nach weiteren drei Stunden Schwitzkasten stand Isas Golf wieder in der Straße vor dem Schulgelände, und die an diesem Tag von Grinsen und Naserümpfen verfolgte Alberta stieg zwar nicht in das schickste Auto, aber in das mit der beliebtesten Fahrerin.

«Nun?», stieß sie heraus, noch bevor sie die Tür geschlossen hatte, «alles klar?»

Isa fuhr erst einmal vorsichtig durch das Schulgewimmel, nach rechts und links winkende Mädchen grüßend.

«So weit alles klar. Der Metzger ist okay. Er hat die Stuten nach Anzeige gekauft und nicht gewusst, in welchem

Zustand sie sind. Wir kriegen sie zum Schlachtpreis gegen Schutzvertrag. Auch das ist sehr anständig von ihm. Wir dürfen sie also nicht weiterverkaufen. Wenn sich herausstellt, dass sie nicht lebensfähig sind, müssen wir sie töten lassen. Er gibt uns sogar die Papiere. Bin gespannt, wo die Isabell herkommt.»

Da hörte vor lauter Erstaunen Albertas Magen auf zu knurren. Endlich verstand sie: Das blasse Gespenst im Jahrhunderte nicht mehr gewaschenen Laken war ein Isabell.

«Die ist meine», fuhr Isa fort, «ich habe mir immer einen Isabell gewünscht. Schließlich heiße ich so. Sie ist noch jung, meint der Tierarzt. Wirst sehen, in einem halben Jahr leuchtet sie wie Gold in der Sonne und ich kann anfangen, mit ihr zu arbeiten. Nicht reiten. Nicht belasten. Aber ein bisschen Bodenarbeit, das wird gehen. Wenn sie durchkommt.»

Alberta kannte Isabellen nur von Fotos. In einem halben Jahr würde die Kleine nicht mehr blass, sondern hell sein, nicht mehr stumpf, sondern glänzend – wenn sie durchkam …

«Und die andere?», fragte sie und belauerte Isas Gesicht aus den Augenwinkeln. Täuschte sie sich? Wurden Isas starr auf die Straße blickende Augen etwas dunkler? Oder war das nur, weil sie jetzt durch den Wald fuhren?

«Die ist schwerer geschädigt», sagte Isa. «Sie ist älter, und sie trägt mehr Gewicht. Kein Problem für ihre Beine, sie hat starke Gelenke, sie stimmt schon, so wie sie ist. Nur die Hufe stimmen nicht. Dr. Wegener hat alle acht Beine geröntgt. Heute Nachmittag wissen wir mehr.»

Sie erreichten den Rappenhof. Alberta hätte nun eigentlich ins Haus eilen sollen. Ihr Körper wollte endlich raus aus diesen Kleidern. Ihre Haut wollte endlich geduscht werden.

Ihr Bauch wollte endlich essen. Aber ihr Herz wollte etwas anderes und ihr Mund sagte: «Ich geh noch mal eben zu ihnen.»
Wortlos nahm Isa ihr den Schulrucksack ab.
Die beiden Stuten standen bis über die Fesselgelenke in Holzspänen. Ihre Hufe versanken ganz in der Einstreu, nur die aufgebogenen Spitzen ihrer Schnabelschuhe ragten heraus. Sie hatten immer noch etwas Heu. Offenbar hatte Isa in kleinen Portionen gefüttert. Skuggi stand am Elektrozaun. Er streckte seinen langen Hals hinüber, die Mondsichelohren neugierig aufgestellt. Aber nicht einmal er traute sich durch das fünffach straff gespannte Band, in dem der Strom kleine tickende Geräusche machte. Isa hatte zwei Heunetze weit voneinander entfernt ausgelegt, damit die Stuten jede für sich allein ungestört fressen konnten. Doch das wollten sie gar nicht. Sie standen zusammen an einem Heunetz. Aneinandergelehnt zupften sie Halme aus den Maschen. Alberta erkannte: Es war die Schecke, die ihre kleine blasse Freundin stützte. Sie ging zu ihr, stellte sich dicht neben sie, diesmal an die rechte Schulter. Da war kein italienischer Stiefel in der Schenkellage und auch kein Menschenauge. Sie sah die Erleichterung, als die Stute sich gegen sie lehnte, in einem dunklen, ganz gewöhnlichen Pferdeauge. Sie streichelte die verknoteten Haare der Mähne, die schwarz und weiß in gleichem Maße schmutzig waren. Sie fielen nicht wie bei den meisten Pferden alle nach einer Seite, auch nicht wie bei einigen wenigen gleichmäßig auf beide Seiten, sondern teils nach rechts, teils nach links, oder sie standen struppig aufrecht.
«Jetzt», flüsterte Alberta, «habe ich alles, was ich brauche.

Links bist du meine Menschenfreundin, rechts bist du meine Pferdefreundin.»

Aber ein hungriger Mensch braucht doch noch ein wenig mehr. Sie konnte nicht den ganzen Tag hier stehen bleiben. Sie hob das Heunetz auf, holte auch das andere, legte beide an die Holzwand des Schuppens, an eine Stelle, die weder Skuggis gierige Nase noch eines der anderen Pferde jenseits des Holzzaunes erreichen konnte. Die beiden Stuten folgten ihr, Späne aufwirbelnd mit kleinen Humpelschritten. Die Schecke erkannte als Erste, wie gut sie sich gegen den Schuppen lehnen konnte. Sie schnaubte leise. Jetzt wandte sie Alberta wieder das Menschenauge zu.

Am Mittagstisch schob Alberta ihren Teller neben den von Sven. Ihre Gedanken waren so weit fort, dass sie Fleisch gegessen hätte, ohne es zu bemerken, aber es gab kein Fleisch. Rote Linsen ohne Wurst, sehr kräftig gewürzt. Sie schluckte. Ihre Zunge brannte. Sie merkte nicht, ob es vom Paprika kam oder ob die Linsen noch zu heiß waren. Sie aß langsamer, immer langsamer.

«Bist du schon satt?»

Wie aus tiefem Schlaf gerissen zuckte sie zusammen.

«Bist du schon satt?», wiederholte Isa.

Alberta schüttelte den Kopf. Von dem, was Sven sagte, drang nur ein Fremdwort zu ihr durch: «... klassische Symptome.» Sie versuchte sich zu konzentrieren, schaute Sven an, fragte: «Was?»

«Du hast nicht gefrühstückt, du hast nichts mit in die Schule genommen, und nun schluckst du entweder löffelweise brühheiße Suppe oder isst die Linsen einzeln. Ich meine, das sind klassische Symptome von Verliebtsein.»

«Lass sie», unterbrach Isa.
«Warum? Ich lästere nicht. Ich habe großes Verständnis dafür. Das isabellfarbene Stütchen wird eine Hübsche, wenn sie nicht mehr so fett und dreckig ist.»
«Ich glaube aber», sagte Isa langsam, «ich glaube, Alberta geht es um die andere.»
In das Erstaunen in Svens Augen war ein kleines Erschrecken gemischt, aber bevor er äußern konnte, warum Albertas Neigung zu diesem Pferd denn so verwunderlich und ein wenig erschreckend war, tönte sein Handy.
«Der Tierarzt», sagte er mit einem Blick auf das Display.
Wie quälend diese halben Gespräche, die man immer mitkriegt, wenn ein anderer telefoniert! Besonders quälend, wenn man so auf das lauert, was man nicht hören kann.
«Wie wir vermutet haben», erklärte Sven schließlich. «Die Isabell ist jung, vermutlich noch nie geritten, die kriegen wir durch. Die Gescheckte ist älter. Und schwerer. Bei der biegt sich die Hufsohle schon ein bisschen. Das Pferd muss grässliche Schmerzen haben.»
«Ihr müsst ihr …», rief Alberta, «… ich habe ihnen das Heu an die Schuppenwand gelegt. Die wollen sich anlehnen. Die lehnen sich sonst aneinander. Und die Schecke stützt die Kleine. Das hab ich schon auf dem Schlachthof gesehen. Sie versucht auch immer mal, sich an die Kleine zu lehnen, aber die hält nicht viel aus.»
«Das *ist*», Isa sagte es mit starker Betonung, «das *ist* ein ganz besonderes Pferd.»
«Ja, aber …», zweifelte Sven.
«Und Alberta ist ein ganz besonderer Mensch, unter anderem weil sie sich ausgerechnet in dieses Pferd verliebt.»

«Ja, aber …», wiederholte Sven, sprach jedoch nicht weiter. Alberta verstand das nicht. Was war denn so Besonderes daran, dass man sich in ein besonderes Pferd verliebte?
Sie hatten das Geschirr noch nicht vom Tisch geräumt, da hörten sie schon den Wagen des Hufschmieds in den Hof fahren. Er hatte für diesen Termin seine Mittagspause geopfert. Auch er hatte Hufe wie diese noch nie gesehen. Kopfschüttelnd ging er um die Pferde herum. Sie hatten die beiden im Paddock gelassen. Wozu sie auf den Schmiedeplatz führen? Hier gab es vorerst nichts zu beschlagen.
«Das wird schwierig», sagte der Schmied. «Ich kann nur ein paar Zentimeter wegschneiden. Wir müssen das so nach und nach machen. Die hinteren Sehnen sind extrem überdehnt. Wenn ich die Hufe jetzt auf normale Länge bringe, fallen die um wie Dominosteine. Und ich muss die Kanten auch rund feilen, sonst verletzen sie sich. Problem ist: Jemand muss so lange einen Huf halten.»
Alberta trat sofort neben ihre Stute. Doch Sven fasste sie bei den Schultern und schob sie sanft beiseite.
«Nett von dir», sagte er, «aber das ist mein Job. Die können nicht auf drei Beinen stehen, verstehst du? Ich muss ihr Gewicht tragen.»
Also ging sie auf die andere Seite ihres Ponys und stellte sich da an die Schulter, um es zu stützen. Es wurde ihre schrecklichste Stunde beim Schmied. Pferde schreien nicht. Sie jaulen und winseln nicht. Sie jammern, ächzen, weinen nicht. Die beiden Stuten litten stumm. Die Kleine stöhnte ein wenig, die Große nicht einmal das. Alberta sah ihr Auge. Zuerst das Pferdeauge. Sie erkannte den Schmerz in weit entfernter dunkler Tiefe. Dann das Menschen-

auge. Blau auf weißem Augapfel ertrug es geduldig den Schmerz, wie Alberta es bei einem Menschen noch nie gesehen hatte. Dem Schmied stand der Schweiß auf der Stirn. Sven biss die Lippen zusammen. Isas Hände am Halfter zitterten.

«Und das», sagte der Schmied, «soll ich jetzt alle drei, vier Tage machen? Könntet ihr ihnen nicht vorher ein Schmerzmittel geben?»

«Der Tierarzt ist dagegen», meinte Sven. «Wenn wir ihnen den Schmerz nehmen und sie bewegen sich, können sie sich kaputt machen. Und bei allem, was man ihnen geben könnte, steigt die Gefahr von Hufrehe. Und das hat die Große schon.»

«Also kühlt die Beine mit Eiswasser», sagte der Schmied.

«Was glaubst du», fragte Isa, «wie lange wird es dauern, bis du die Hufe zurückgeschnitten hast?»

Der Schmied zuckte die Achseln.

«Ihr müsst sie beobachten. Ihr müsst mir sagen, wie sie sich an die immer neue Huflänge gewöhnen. Ich würd mal vorsichtig optimistisch hochrechnen: Weihnachten sehen die normal aus und haben nur noch erträgliche Schmerzen.»

«Unser Adventskalender», sagte Isa. «Alberta, wann hattest du deinen letzten? Dieses Jahr kriegst du einen Schnabelschuhadventskalender. Jeden Tag ein bisschen weniger Huf, ein bisschen weniger Schmerz, Weihnachten schmerzfrei, fast. Ist das nicht besser als Türchen öffnen? Auch wenn Schokolade drin ist?»

Sie ließen die Stuten eine Weile ruhen. Dann würde Alberta ihnen die Beine kühlen.

«Aber du musst auch deine Hausaufgaben machen», verlangte Isa, «ich bin nicht deine Mutter, ich vergess so was immer, aber …»

«Wochenende», unterbrach Alberta.

«Ah, ja, das merk ich nicht, ich hab am Wochenende Unterricht, und – Alberta – ich wollte dir noch sagen: Ich hab dir erzählt, wie ich zu Stjarni gekommen bin, aber nicht, damit du mir das nachmachst.»

«Wie meinst du das?»

«Ich habe mich damals in Island in das unmöglichste aller Pferde verliebt. Aber dich hat ein noch unmöglicheres erwischt. Pass auf deine Gefühle auf. Es ist nicht sehr wahrscheinlich, dass man dieses Pferd jemals reiten kann.»

«War Sven deshalb so entsetzt, als er es kapierte?»

«Nein. Das hat einen anderen Grund.»

«Nämlich?»

«Merkst du das nicht? Siehst du das nicht? Dann lass Sven ruhig entsetzt sein. Es ist nicht wichtig.»

Eine halbe Stunde später kühlte Alberta den Stuten die Beine, und mit der Kälte des Eiswassers kroch ein schrecklicher Gedanke durch ihre nassen Finger bis in den Kopf: Schnabelschuhadventskalender. Sie tauchte Bandagen in das eisige Wasser und wickelte sie vorsichtig ohne Druck den Stuten um die Beine. Die hielten still und schnaubten. Sie spürten sofort etwas Erleichterung. Aber: Schnabelschuhadventskalender …

Sie starrte auf das lang gewachsene Hufhorn. Alle drei, vier Tage ein bisschen weniger. Wie sie sich freuen würde, das schrumpfen zu sehen! Bis dies acht kleine runde Hufe waren! Bis diese Beine kaum noch schmerzten! Bis – Weihnachten … Wo würde sie dann sein? Zu Hause? Natürlich!

Sie konnte doch nicht ... Weihnachten ... Hinter dem Türchen mit der Nummer 24 steckten wahrscheinlich acht fast schmerzfreie Hufe, aber auch die Wohnküche ihres Elternhauses mit einem Festessen ... An keinem anderen Adventskalender hätte sie dieses Türchen freiwillig geöffnet.
Da kam Theres. Die hatte inzwischen erfahren, warum Alberta in Stallklamotten zur Schule gegangen war. Sie kam mit viel Schwung und voller Begeisterung. Pferde retten in der Nacht! Was für ein Abenteuer! Aber dann stand sie entsetzt und starrte auf die Hufe.
«Ich glaub's nicht», murmelte sie.
«Waren noch länger», erklärte Alberta und wechselte ihrer Stute noch einmal die Bandage am Hinterbein.
«Du, Theres», sagte sie leise, «ich verrat dir ein Geheimnis. Die hier, das ist mein Pferd. Wie Dolly Felix' Pferd war und Askan Janas, das hat gefunkt wie bei dir und Bjalla. Ich hab sie von Anfang an geliebt.»
Aber Theres schien sich nicht mit ihr zu freuen. Sie schaute die Stute an, dann Alberta, wieder die Stute.
«Bist du verrückt?», murmelte sie.
«Ich glaube einfach daran, dass sie gesund wird.»
«Aber – aber – Alberta ...», stammelte Theres, «das ist das hässlichste Islandpferd, das ich jemals gesehen habe.»
Da wurde vor Albertas Augen so etwas wie eine andere Blende geschoben und sie sah: eine dreckige, völlig verfettete Stute, die auch mit 50 Kilo weniger nicht elegant aussehen würde. Starke, man könnte sagen, grobe Gelenke. Eine Farbe, die mehr originell als schön war. Eine Mähne, die sich nicht entscheiden konnte, auf welcher Seite sie lag und den Hals mehr zerrupfte als schmückte. Vor allem diese

schiefe, viel zu große, über das linke Auge gezogene Blesse. Und dieses Auge! Menschenauge? Unsinn! Fehlfarbe. Theres hatte recht: ein hässliches Pferd.
Das hatte Alberta bislang nicht gemerkt.

NAMEN 12

Ljosadis – Fjalla – Skjona –

Auf dem Schreibtisch im Gästezimmer des Rappenhofs lagen lauter kleine Zettel, rote und grüne. Auf den grünen standen Wörter wie «Vikona» oder «Dramsyn», auf den roten «Kostbarkeit», «Erfüllung», «Heilung», «Schutzgeist».

Über eine Stunde hatte Alberta vor Svens PC gesessen und in einer telefonbuchlangen Liste mit isländischen Pferdenamen herumgesucht. Denn Isa hatte entschieden: die Schnabelschuhstuten sollten neue Namen bekommen. Auch wenn sie aus den Stammbaum-Papieren, die der Metzger ihnen versprochen hatte, die richtigen Namen bald erfahren würden, wollten sie die beiden Stuten niemals so rufen.

«Sie sollen ihre Namen und ihr altes Leben vergessen», hatte Isa gesagt, «neues Leben, neue Namen.»
Die Isabellfarbene wollte sie «Ljosadis», «Lichtfee», nennen, den Namen für die Gescheckte sollte Alberta finden.
«Ich habe noch den Zettel von Natalie», sagte Isa. «Die hat beim Reitkurs schon sehr schöne Namen zusammengesucht. Ich hab ihn immer in der Tasche von meiner Reithose, aber ich habe sie lange nicht mehr im Wald getroffen mit ihrem schönen schwarzen Pferd. Willst du den Zettel?»
Alberta wollte den Zettel nicht, fragte auch nicht nach dem schönen schwarzen Pferd, war nicht einmal neugierig, dachte bloß: Jetzt nicht auch noch Natalie. Jana und Theres mochten Natalie nicht leiden. Wenn sie sich einen Rest von ihren Freundinnen erhalten wollte, durfte sie jetzt nicht auch noch einen Kontakt mit Natalie aufnehmen. Zu schmerzhaft deutlich hatte sie noch Theres' entsetzte Stimme im Ohr. Mit dem dazu passenden entgeisterten Blick auf die gescheckte Stute, hatte sie gesagt: «Die dürfen wir auf keinen Fall Jana zeigen, sonst hat sie plötzlich recht mit allem, was sie über die Isländer sagt.»
Also lehnte Alberta Natalies Zettel ab.
«Im Internet sind doch viel mehr Namen», schlug sie vor.
Und Sven hatte ihr die richtige Website aufgerufen.
Es waren verwirrend viele Namen. Sie verlor sich in lauter ungewöhnlichen Buchstaben, von denen das «y» noch das vertrauteste war. Und dann las sie die linke, die isländische Spalte und die deutsche Übersetzung auf der rechten Seite einzeln, schrieb die schön klingenden fremden Namen auf grüne Zettel und alle deutschen Bedeutungen, die ihr gefielen, auf rote. Sie hoffte, dass irgendwelche zusammen-

passten. So schob sie nun die kleinen Zettel hin und her, bis sie ihre beiden Lieblinge gefunden hatte: «Gestilja» und «Heilung», ja, das war es, was die Stute am nötigsten hatte: Heilung.

Sie steckte die beiden Zettel in die Tasche ihrer Stallhose, es war Zeit zum Füttern. Sven war schon im Isländerstall. Alberta kramte die Zettel aus der Tasche, gab sie ihm, er grinste, zuckte bedauernd die Achseln. «Gestilja» hieß auf Deutsch «Scheusal» und «Heilung» auf Isländisch «Fró».

Nichts passte hier zusammen. Alberta zerknautschte und verknitterte das rote und das grüne Papier und war trauriger, als zwei kleine Zettel einen unglücklich machen können. Nein, bei diesem Pferd passte nichts zusammen, die dunkle linke Seite nicht zu der hellen rechten, die Mähne nicht hier und nicht da hin, und die beiden Augen passten schon gar nicht zueinander.

Wie kann man sich nur in so ein hässliches Pferd verlieben, dachte sie. Mit dem Fächerbesen ging sie hinaus in den Paddock und kratzte den Mist zusammen. Es fiel ein feiner Nieselregen, der fühlte sich an wie Wasserluft. Die beiden Stuten standen im Dunkeln, im neuen Holzpaddock gab es noch nicht so viel Licht. Im Hellen standen nur die beiden andalusischen Schimmel, die, groß und schön, sogar Jana begeisterten. Außerhalb des Lichtkegels schwankten die zwei jämmerlichen Gestalten auf ihren Schnabelschuhen. Eine davon würde ein hübsches Pony werden, die andere aber passte …

Zu mir, dachte Alberta, sie passt zu mir. Ich bin auch fett. Und mit meinen Augen stimmt auch was nicht. Die passen nicht – nicht in dieses Land. Ich muss ihr wenigstens einen passenden Namen geben. Nicht so was wie Alberta.

«Wir nennen sie so lange Karo Dame», schlug Isa vor, als Alberta am Montag immer noch keinen Namen gefunden hatte. «Skuggi ist dein Karo König und sie deine Karo Dame. Und heute kannst du wieder Skuggi führen, wenn die Kinder da sind, dann kriegst du auch noch einen Karo Bär. Richtiges Kartenspiel. Karo ist Trumpf.»

Vor den Kindern kam Christina. Felix schob ihren Rollstuhl zum Holzpaddock, wo Alberta den Stuten die Beine gerade mit Eiswasser kühlte.

«Das wird ja ein totaler Krüppelverein hier», sagte Christina. «Svala und ich und jetzt die da.»

Sie hob sich mit den Armen aus dem Rollstuhl, Felix stützte sie, und sie lief die paar Schritte zu Alberta, die ein schwarz-weißes Vorderbein mit nassen, kalten Bandagen umwickelte. Christina blieb stehen, gegen Felix gelehnt, sie schaute der Stute in das helle Menschenauge, in die Fehlfarbe. Alberta blinzelte von unten zu ihr hinauf. War da Theres' Entsetzen in Christinas Blick? Nein. Aber Christina liebte doch hübsche Pferde: ihre Svala, eine Schönheit in Schwarz, und jetzt, von Theres übernommen, Bjalla, dasselbe apfelsinenfarben mit cremeheller Mähne. Alberta befestigte das Bandagenende locker am Bein und stand auf. Ihre Kirgisenaugen waren nun auf gleicher Höhe mit Christinas braunen. Die streckte sehr vorsichtig die rechte Hand aus und fuhr behutsam mit den Fingerspitzen an der Linie zwischen Schwarz und Weiß oben am Pferdehals entlang.

«Du», sagte sie leise.

Und Alberta verstand: Christina hatte bemerkt, was sie selber gesehen hatte, hatte erkannt, was auch Isa wusste: Dies war ein ganz besonderes Pferd.

«Willkommen im Krüppelverein», sagte Christina.
So standen sie eine Weile, die Stute gegen Alberta und Christina an Felix gelehnt, bis Christina den Kopf hob, lachte und sagte: «Und es kommen noch mehr? Kommen welche, die noch weniger laufen können?»
«Ja», bestätigte Felix, «wir sollten denen jetzt die Pferde richten.»
Alberta war ziemlich aufgeregt. Das war sie, wenn die behinderten Kinder kamen, immer gewesen, aber heute war die Spannung eine andere. Peer? Der würde nicht wiederkommen, der Ästhet. In den letzten Tagen hatte sie nicht mehr an ihn gedacht. War sie so unruhig, weil sie wieder Skuggi führen sollte? Aber davor hatte sie keine Angst. Seit Tagen hatte er nicht mehr vor ihr gescheut. Er streckte ihr wieder seine Nase entgegen. Sie hatte sich für diesen Tag fest vorgenommen, Christian und die anderen Kinder gern zu haben. Darum war sie so unsicher, denn sie wusste genau, dass man so etwas nicht erzwingen kann.
Theres war auf dem Putzplatz. Hatte ihre Mutter wieder von ihr verlangt, «sich Problemen zu stellen» und «diese Kinder anzuschauen»? Aber Theres wirkte ganz locker. Sie putzte Stjarni und winkte Alberta zu. Sie fand Christian «süß», das hatte sie letzte Woche gesagt. Und Felix? Was hatte der noch gesagt?
«Der hat so liebe Augen.»
Augen! Ein weiches Gefühl strömte durch Albertas Körper, und sie spürte so etwas wie einen warmen Wind, der sanft von hinten kam und ihren Rücken stützte. Fast konnte sie sich anlehnen, wie sich Christina an Felix, wie sich Karo Dame an ihre Schulter gelehnt hatte.

Augen!
Skuggi stupste gegen ihre Tasche und verlangte ein Leckerli. Ich kann auch sehen, dass Augen lieb sind, dachte sie.
Als dann der Wagen mit den Kindern kam, wurde Christian im roten Anorak mit roter Pudelmütze als Erster herausgehoben. Frau Marstätter trug ihn. Christians Arme hielten auch etwas umklammert. Es war ein schmutzig grau-brauner Teddybär mit Schlabberarmen und Wackelbeinen, vom Hals bis zu allen vier Bärenpranken gekleidet in einen schwarzweiß karierten Overall. Die Plüschhaare um die Augen waren abgerieben, Christians linker Finger drückte auf das rechte Teddy-Auge. Als er Skuggi sah, streckte er einen Arm aus, nur den rechten, der andere hielt den Teddy fest umklammert und machte ihn zu einem einäugigen Schmuddelbären. Alberta wartete auf den Schrei «Karo Bär!», doch der kam nicht. Stattdessen ging eine Bewegung durch das Kindergesicht, die zog die verzerrten Lippen des schiefen Mundes zu einem Lächeln, nur für einen Augenblick.
«Es ist ein Wunder!» Frau Marstätter hatte nicht einmal Zeit zu grüßen. «Man kann es nicht anders sehen, es ist ein Wunder. Als ich ihm vorhin sagte: ‹Wir gehen zum Reiten›, rief er: ‹Karo Bär!› und wollte unbedingt den Teddy mitnehmen.»
Alberta spürte das Wunder, begriff aber nicht, was das mit dem Teddy zu tun hatte.
«Das heißt», fuhr Frau Marstätter fort, «er hat verstanden, was ich gesagt habe. Und darauf reagiert! Es ist ein Wunder.»
Sie ging auf Skuggi zu, bis Christian das Scheckenfell anfassen konnte. Streichelte er es? Nahm er jetzt mehr wahr als das weiche Fell eines Isländer-Winterpelzes? Fühlte er mit seinen Krallenfingern, dass er ein Wesen berührte? Alberta

sah, dass sich die linke Hand lockerte, die Finger glitten über das runde Glasauge des Teddys, wie Kinder gern Murmeln in ihren Händen bewegen. Dann gaben sie das Teddy-Auge frei. Mit vollem Blick schaute Karo Bär auf Karo König. Und noch einmal fand Christians Gesicht das Lächeln, nur wie im Vorübergehen, wie man aus dem fahrenden Auto auf eine Blume am Wegrand schaut, die eigentlich zu klein ist, um bei der Geschwindigkeit überhaupt bemerkt zu werden. Nur Alberta hatte es gesehen. Zum ersten Mal bemerkte sie, dass Christian blaue Augen hatte, blau wie das Menschenauge der Schnabelschuhstute.

«Ach, Alberta.»

Sie zuckte zusammen. Würde Frau Marstätter sie wieder eine Stunde lang mit ihrem unmöglichen Namen nerven?

«Führst du heute wieder den Karo Bär? Kann Christian schon rauf? Hast du das im Griff, Alberta? Er kann sich nur mit einer Hand halten, er gibt den Teddy nicht her. Hilfst du mir aufpassen, Alberta, dass der Teddy nicht in den Dreck fällt? Wir können den nicht waschen. Christian schreit, bis er ihn wiederhat.»

Isa, dachte Alberta, kannst du nicht auch zu mir sagen: neues Land, neues Leben, neuer Name. Und mir einen anderen Namen geben? Muss nichts Besonderes sein. Soll bitte nichts Besonderes sein!

Mit seinem Karo Bär im Arm war es viel leichter, Christian von Skuggi zu trennen, wenn ein anderes Kind reiten sollte. Er saß zufrieden auf dem Schoß des dicken Mädchens, hielt seinen Teddy im Arm und strich über die Glasaugen. Auf dem Platz stand heute ein Rollstuhl mehr. Christina saß inmitten der Kinder, konnte so wenig laufen wie David oder

Miriam, doch ihr hübsches Gesicht wirkte sehr fremd zwischen den stierenden Augen und den schiefen Mündern.
Und dann, als Frau Marstätter Christian nach seinem zweiten Ritt von dem Pony hob, strampelte und zappelte er wild in den Armen seiner Betreuerin. Er trat, doch ohne zu schreien, so heftig und stieß sie dabei in den Bauch, dass er aus ihren Armen glitt, auf den Boden rutschte. Alberta ließ Skuggis Führstrick los, wollte den Jungen auffangen, aber der stand plötzlich neben ihr, stand auf seinen eigenen Beinen, und sie hielt eine kleine heiße Kinderhand, die war überhaupt nicht verkrampft. Es war ein Reflex, der sie sofort wieder nach Skuggis Strick greifen ließ. Christians andere Hand langte auch nach dem Strick. Der Teddy fiel in den Dreck, Frau Marstätter bückte sich nicht danach.
«Wir wissen, dass er laufen kann», flüsterte sie. «Seine Mutter – die kümmert sich nicht, besucht ihn nie – seine Mutter sagt, wenn er eine bestimmte Musik hört, kann er laufen. Sie hat aber vergessen, welche das war, und wir finden die natürlich nicht. Versuch mal zu laufen, Alberta, versuch mal.»
Mit Alberta auf der linken und Skuggi auf seiner rechten Seite ging Christian, mit kleinen Schritten, aber er stolperte nicht. Manchmal spannte sich der Strick zwischen dem Halfter und seiner rechten Hand, aber Skuggi warf den Kopf nicht hoch, sein Führstrick stützte Christian. So liefen sie fast eine halbe Runde um den Reitplatz. Frau Marstätter folgte ihnen lautlos. Der Teddy lag noch immer im Dreck.
Dann stolperte Christian. Alberta fing ihn auf, hob ihn hoch, hatte seine rote Pudelmütze im Gesicht, der Puschelbommel kitzelte ihre Nase. Der kleine Kinderkörper fühlte sich heiß an. Konnte das sein? Konnte er so viel Hitze abstrahlen?

Durch den Pulli? Durch den Anorak? Es war eher so, dass ihr selber ganz heiß geworden war. Skuggi stand reglos mit hängendem Führstrick. Frau Marstätter nahm ihr das Kind ab. Christian streckte beide Hände nach Alberta aus. Die Finger verkrampften sich wieder. Das Lächeln verschwand aus seinem Gesicht, aber das war nicht sein gewöhnlich schiefer Mund. Die Lippen öffneten sich.

«G – g – ahhh», brachte er heraus, dann: «Ahhh – Bär …»

Es kämpfte in seinem Hals und die Zunge wand sich in seinem offenen Mund, Speichel floss ihm über das Kinn, die blauen Augen waren groß vor Anstrengung.

«Ahh – Bär – da», sagte er.

«Mein Gott», flüsterte Frau Marstätter, «er hat noch nie jemand mit Namen angesprochen.»

«Er hat was mit ‹Bär› gesagt», meinte Alberta. «Er will seinen Karo Bär wiederhaben.»

«Ahh – bärda …»

«Nein», Frau Marstätter schüttelte den Kopf, «er meint dich, er versucht ‹Alberta› zu sagen.»

«Ahberda.»

Langsam lernte Christians Zunge das neue Wort. Zum ersten Mal, seit sie in Deutschland war, liebte Alberta ihren Namen.

Der nächste Tag war einer von ihren verabscheuten zweiten Dienstagen. Jeden zweiten Dienstag hatten sie Schwimmen. Keine Chance für Alberta, ihre vier oder fünf Kilo zu viel in einer engen Jeans zusammenzuquetschen. Und dieser völlig unmögliche Badeanzug! Sie hätte gern einen schlichten schwarzen gehabt, aber komisch, die ganz einfachen waren

alle idiotisch teuer. Dieser knallbunte mit lauter Schnickschnack war der billigste gewesen. Alberta litt unter dem roten Bändel, das sie vor dem Bauch zu einer Schleife binden musste, das man nicht abmachen konnte, ohne den Stoff zu verletzen. Und das rote Herz auf der rechten Brust mit der Inschrift «Sweetheart»! Sie sprang sofort in das Wasser, ohne sich langsam abzukühlen.
Am schlimmsten aber war es in der Dusche. Da liefen viele der Mädchen nackt herum, seltsamerweise darunter alle jene, die eigentlich Kleider liebten und auf ihrer Haut doch gar kein Krokodil, keinen Irokesenkopf, keine Wolfspfote tragen konnten. Was für eine Chance für Alberta, einmal mitten unter ihnen zu sein! Alle 14 Tage für ein paar Minuten nicht durch Billigklamotten mit Aldi-Emblem oder Out-of-date-Secondhand aufzufallen! Sie konnte es nicht. Sie floh in die geschlossene Dusche und schrubbte sich wütend die Haut rot.
Und wenn sie dann endlich wieder angezogen war, hatte sie immer das Gefühl, fürchterlich versagt zu haben. Sie war, wie so oft, die Erste im Bus. Trotzdem verkroch sie sich nicht auf einen Fensterplatz, sondern setzte sich zum Gang hin, der Sitz links von ihr blieb immer leer. Die beiden Plätze gegenüber waren für Jana und Theres reserviert, Jana saß meist am Fenster.
Wie oft hatten die beiden so gesessen, miteinander geredet und nicht bemerkt, dass Alberta bestenfalls zuhören konnte, wenn sie sich weit zu ihnen lehnte. Und immer wieder musste sie den Kopf zurückziehen, sobald jemand durch den Gang lief, und dann verpasste sie ganze Sätze. An diesem Dienstag beugte sich Jana um Theres herum, so weit wie

möglich Alberta entgegen, und sagte: «Jetzt erzähl doch mal endlich! Du hast zwei Pferde geklaut?»

Klar, das war eine Sache nach Janas Geschmack. Aber Alberta hatte keine Lust auf Janas Geschmack.

«Ach ja», sagte sie, «und die eine Stute ist jetzt mein Pflegepferd. Ist aber unwahrscheinlich, dass man sie reiten kann.»

«Find ich lieb von dir, dass du dich trotzdem um sie kümmerst. Wie sieht sie aus?»

Theres warf Alberta einen flehenden Blick zu, aber die ging nicht darauf ein.

«Ein Schecke», erzählte sie, «na ja, die Verteilung der Farbe ist nicht ganz gelungen. Und die Mähne ist zerrupft. Wie ein alter Besen. Sie ist total verfettet, aber das kriegen wir weg. Die Gelenke bleiben so. Grobknochig, muss man wohl sagen. Am schlimmsten ist die Blesse.»

«Was – ähh – ist mit der Blesse?»

«Na, schlimmer als bei eurem Malachit. Dem kann Andreas die schiefe Blesse noch wegmalen. Bei meiner Stute nützt das nichts. Das Auge kann man nicht schminken.»

«Was – ähh – ist mit dem Auge?»

«Glasauge nennt man das. Die Blesse geht links bis über das Auge. Hängt mit der Scheckfarbe zusammen, da sind die Pigmente weg. ‹Hringeygur› sagen die Isländer dazu. Das linke Auge ist blau und hat einen weißen Rand.»

«Und – ähh – das rechte?»

«Normal.»

«Und *das* ist dein Pflegepferd?!? Glaubst du nicht, dass eure feinen Rappenhofleute dich ausnutzen? Lassen dich schuften und drücken dir einen unreitbaren kackhässlichen Zossen aufs …»

«... Auge», unterbrach Alberta. «Klar: Glasauge aufs Kirgisenauge.»

«Die nutzen uns nicht aus», widersprach Theres. «Wenn jemand Alberta ausgenutzt hat, dann war das dein Grohne-Wilte!»

«Mit dem ich jetzt etwas gemeinsam habe», fuhr Alberta fort. «Ich habe ein Pferd, das ich niemals reiten kann, und er hat so zwanzig Pferde, die er niemals reiten kann.»

«Jetzt hackt doch nicht immer darauf herum, dass Grohne-Wilte nicht mehr reiten kann!», verteidigte Jana ihren Stallbesitzer. «Was glaubt ihr, wie beschissen das für ihn ist. Er hatte einen REITUNFALL! Wenn ihr noch wisst, was das ist. Gibt ja keine Reitunfälle bei Isländern. Die kann doch jeder Idiot reiten.»

Da sagte Alberta – und sie wusste genau, was sie damit tat: «Gibt durchaus Idioten, die unsere Isländer nicht reiten können.»

Jana wurde blass. Das geschah selten. Wenn sie sich ärgerte, wurde sie rot. Diesmal blass. Sie hatte ja versucht, die Isländer zu reiten, hatte beim Reitkurs auf dem Rappenhof mitgemacht und hatte keines der Ponys richtig tölten können.

«Wenn man einmal *richtig* reiten gelernt hat», sagte sie lauernd, «ein Pferd an den Zügel stellen und so, dann muss man sich eben viel zu viel abgewöhnen für diese komische Gangartenreiterei. Hast du natürlich nicht nötig. Was anderes als schreiende Hunnen auf Mongolenponys haben deine Kirgisenaugen ja wohl nicht gesehen, bevor du hierherkamst.»

Da konnte Alberta nur noch gehen. Sie hob den Kopf ein klein wenig höher und streckte das Kinn vor. Das war ihr «Ich-bin-ich-Gesicht». So hatte sie allein und verloren unter den Kasachenkindern gestanden und ausgestrahlt: Ich bin eine Deutsche. Und genauso hatte sie unter den deutschen Kindern gestanden und gezeigt: Ich bin eine Kasachin. Aber bevor sie nun fortging, diesmal fort von Jana und Theres, schlug sie noch einmal zurück.

«Weißt du, was ein Achal Tekkiner ist?», fragte sie. «Nein, weißt du nicht, du kennst nicht mehr als ‹Deutsches Reitpferd›. Ein Achal Tekkiner ist ein russisches Vollblut, etwas kleiner als die englischen, aber genauso fein. Und sie haben Farben – davon hast du noch nicht einmal geträumt. Sie glänzen wie poliertes Metall, Silber die Schimmel, Kupfer die Füchse, Bronze die Braunen. Wir hatten so einen Hengst in der Nähe. Es kamen Leute von weit her, nur um ihn zu sehen. Manche hefteten ihm Gedichte an die Boxentür. Aber viele haben Gedichte gebracht und haben sie weggeworfen. Weil er schöner war als alle Reime und Verse.»

Der Bus hielt vor dem Schulgelände. Sofort war der Gang voller Mädchen, Rucksäcke und Taschen. Die drei blieben allein zurück. Jana und Theres starrten Alberta an. Die stand auf – nein – sie stand nicht einfach auf, sie erhob sich. Und ging. Sie drehte sich nicht noch einmal um. Sonst wäre ihr «Ich-bin-ich-Gesicht» zusammengefallen zu einem «Das-bin-ich-doch-gar-nicht», «Das-will-ich-doch-gar-nicht».

Ihre Haare waren immer noch ein wenig nass, und der Novemberwind war kalt.

Alberta erzählte nicht einmal Isa von dem Streit. Theres verhielt sich normal, sie versuchte es zumindest, und der wirklich schwere trennende Graben war ja zwischen Alberta und

Jana aufgerissen. Zwischen ihnen lagen vernichtende Worte, unüberwindliche Sätze über Idioten, die keine Isländer reiten können, und Kirgisenaugen, die nichts als Mongolenponys gesehen hatten. *Wie* Jana das ausgesprochen hatte! Kirgisenaugen! Und Alberta hatte das Wort geliebt, ein Schmeichelwort, ein Kosewort. Und es war Jana gewesen, die es ihr vor weniger als einem halben Jahr geschenkt hatte.

In den nächsten Wochen lebte Alberta nur von einem Schmiedtermin zum nächsten. Der kleinen Ljosadis ging es deutlich besser. Über die immer noch namenlose Scheckstute machte Tierarzt Dr. Wegener keine Aussage. Alberta sah die Schnabelschuhe schrumpfen. Ihr Adventskalender. Hinter seinem 24. Türchen sollten acht schmerzfreie Hufe sein. Falls es aber nur vier waren, dann war darin vielleicht auch das Todesurteil für ein Pferd.

«Wenn es keinen Sinn hat, lassen wir sie nicht leiden», hatte Sven gesagt, und Isa hatte dazu genickt.

Und wie alle Adventskalender lief auch dieser auf Weihnachten zu. Alle paar Tage rief Albertas Mutter an: «Du kommst doch Weihnachten? Du kommst zurück?»

Alberta hatte sinnlos am Telefon genickt.

«Du kommst?»

«Ja.»

«Versprichst du es mir?»

«Ja, aber ich esse keinen Rehbraten.»

Sie musste würgen, weil sie an das Zimmer hinter der verschlossenen Tür gegenüber von ihrem und Irinas dachte. Hing es da schon? Wie lange muss ein Reh abhängen und sein Blut in die Fugen eines verfallenen Fußbodens tropfen?

«Hat er wirklich ein Reh geschossen?», fragte sie die Mutter.
«Noch nicht.»
«Aber er wird es tun?»
«Du kennst ihn doch.»
Ja, sie kannte ihn. Er gab nicht nach. Sie kannte sich. Sie gab nicht nach. Sie hasste ihn. Und je mehr sie ihn hasste, desto heftiger hasste sie sich selbst.

Ihr Leben war nicht ohne Freude. Fast jeden Tag durfte sie in einer Anfängerstunde mitreiten. Sie musste jetzt nicht mehr ausschließlich Blesi reiten, auch mit Sokki und Mana kam sie gut zurecht. Frau Marstätter rief an. Ob Christian kommen könne? So jeden zweiten Tag. Aber Alberta müsse das Pony führen, und es müsse das großartige Gescheckte sein. Denn Christian habe angefangen, seine Murmeln auf eine ganz bestimmte Weise auf dem Teppich anzuordnen. Alberta verstand nicht, was daran so besonders war, und sie fragte Frau Marstätter: «Was hat er denn eigentlich?»
«Mehrfachbehinderung», erfuhr sie, «auf jeden Fall Autismus, das heißt, seine Seele und sein Denken sind eingeschlossen. Wir erreichen ihn nicht und er uns nicht. Durchaus möglich, dass hinter dieser Wand ein normales, vielleicht intelligentes Gehirn steckt. Wir wissen es nicht, und er kann sich nicht äußern. Es ist typisch für autistische Kinder, dass sie gern glatte runde Dinge in die Hand nehmen. Dieser Teddy ist für ihn kein Kuscheltier. Der ist nur Glasauge und weiches Fell. So ähnlich hat er auch immer diese Murmeln in der Hand. Und jetzt sortiert er sie und legt Muster. Er stellt also Beziehungen her. Das ist völlig neu. Dieses Pony

hat etwas in ihm geöffnet. Und du. Dass er versucht, deinen Namen zu sagen …»

«Ahberda.»

Sie hörte es immer wieder in diesen Tagen. Es half ihr zu vergessen, dass ein Adventskalender, auch wenn er aus Hufhorn und der Feile eines Schmiedes bestand, unaufhaltsam auf Weihnachten zulief. Abends, wenn die Pferde versorgt waren, hatte sie keine Zeit mehr zum Lesen. Nur das Buch über die Schecken in den Rocky Mountains hatte sie gelesen und dann alle ausgeliehenen Bücher in die Bibliothek zurückgebracht. Sie saß am PC und suchte einen Namen für ihre Stute. Jeden Abend prüfte sie immer nur einen Buchstaben in der endlos langen Liste. So schob sie die Entscheidung vor sich her. Dabei ging sie nicht alphabetisch vor, sondern überließ es dem Zufall, welcher Buchstabe ausgewählt wurde. Sie schloss die Augen, ließ die Seiten über den Bildschirm huschen – Stopp! – «f», den hatte sie schon, also noch einmal – Stopp! – «h», heute «h». Langsam las sie erst alle isländischen Wörter, dann alle deutschen. Hamingja wäre schön. Sie sprach es laut: Hamingja. Und in der deutschen Spalte fand sie «Glück». So würde sie die Stute gerne nennen. Und dann verglich sie die isländische und die deutsche Seite. Hatte sie sich wirklich nicht in den Zeilen vertan? Nein! Hamingja hieß Glück und Glück hieß Hamingja.

Nicht weiter suchen!

In ordentlicher Schönschrift schrieb sie die beiden Wörter auf einen Zettel. Wo war Isa? Wo war Sven? Sie rannte durch das Haus, rief, riss die Türen auf – niemand. Sven war wahrscheinlich im Geräteschuppen. Seit ein paar Tagen reparierte er da etwas. Er hatte ihr verboten, in den Schuppen zu gehen. Überraschung! Geheim, geheim. Vom Küchenfenster aus sah sie Licht im Reiterstüble. Da musste Isa sein. Sie schlüpfte in ihren Anorak, unten im Flur in die Gummistiefel und lief über den Hof, den Zettel in der Hand. Vorsicht? Glatteis? Aber es war noch nicht spät, erst kurz vor acht, der Boden war noch nicht überfroren. Zu öffnen war das große Stalltor leicht, es schwebte ihr entgegen, sie huschte in den Stall. Nun hätte sie das Tor mit Schwung und Krach zuschlagen müssen, aber sie hörte eine sehr bekannte Stimme. Und es war nicht Isas. Sie hielt das Tor, zog es zu, aber knallte es nicht ins Schloss. Sie rief auch nicht. Während sie dachte: Ich will nicht lauschen! Das mache ich nicht!, hörte sie Jana sagen: «Bei Glatteis geht natürlich gar nichts. Aber wenn Schnee liegt, müsste es klappen. Fantasy hat Hufgrips, und ich weiß, dass Arkansas …»

Arkansas?

Alberta krachte das Tor ins Schloss.

Was machte Jana hier? Wieso erzählte sie Isa von Arkansas? Der war eines von Bettinas Berittpferden.

Alberta sprang ins Reiterstüble. Ja, es waren Jana und Isa. Sie sprachen nicht weiter, sie sahen ein bisschen aus wie ertappt. Alberta hielt den Atem und lauerte, aber es lag keine Spannung in der Luft.

«Hi», sagte Jana.

«Was machst du hier?», fragte Alberta.

«Ich geh dann mal», wandte Jana sich an Isa. «Ist also okay?»

Und Isas seltsame Antwort war: «Danke!»

Jana nickte Alberta noch einmal zu und ging.

«Was wollte die hier?», fragte Alberta.

«Du hast fantastische Freundinnen», sagte Isa.

Hatte sie die? Vielleicht einmal gehabt. Sollte sie nach Arkansas fragen? Das hatte sie doch nur durch Zufall gehört. Sie hatte nicht gelauscht. Oder?

«Ich will wissen, warum die hier war», beharrte sie.

«Du wirst es erfahren. Wenn die Wege frei sind. Oder Schnee liegt. Was hast du da für einen Zettel?»

Alberta gab ihn ihr. Isa verstand sofort.

«Hamingja», murmelte sie, «ja, das kann sie brauchen, Glück, das passt, zu deiner Stute und zu diesem Tag.»

IM CLUB DER SCHWARZEN PFERDE 13

An dem Mittwoch zwischen dem 3. und dem 4. Advent sagte Sven beim Frühstück: «Ich bin heute Nacht fertig geworden.»

«Womit?», fragte Alberta.

«Wenn du aus der Schule kommst, gibt es eine Überraschung.»

Isa schaute aus dem Fenster.

«Zwei», sagte sie, «ich glaube, so etwas hast du auch noch nie gesehen.»

«Was?»

«Der Nebel hält sich. Wir müssen es dir nicht jetzt zeigen. Sonst willst du gar nicht mehr zur Schule gehen.»

«Sehe ich auch so», stimmte Sven zu, «wir brauchen dann nur noch Schnee.»

«Ja, Schnee …», Isa sah immer noch aus dem Fenster. «wenn der Raureif auf die Wege fällt, wird es nur glatt, aber Schnee …»

… wenn es glatt ist … wenn Schnee liegt … darüber hatte Jana gesprochen, als sie neulich hier war und was von Arkansas erzählt hatte …

«Könntet ihr euch vielleicht ein bisschen deutlicher …», wollte Alberta verlangen, aber sie kam nicht weiter. Sven stand auf.

«Ich muss in den Stall.»

Isa fuhr Alberta zur Schule. Sie summte die ganze Zeit vor sich hin. Alberta kannte die Melodie.

«Jingle Bells», erklärte Isa.

Na toll, noch ein paar Takte und Alberta hätte das selber gemerkt. Sie wollte etwas anderes wissen.

«Womit ist Sven fertig?»

«Ich dachte, ich wäre mit Jingle Bells fertig», sagte Isa, «blödes Lied, aber es geht mir nicht aus dem Kopf. Wahrscheinlich, weil Sven das jetzt doch noch geschafft hat.»

«Was?!»

Isa hielt.

«Du musst aussteigen, wir sind da!»

Auch ohne zu wissen, welche Überraschung sie erwartete, überstand Alberta diesen Schultag besser als die letzten. Und Jana war seit ihrem seltsamen Besuch auf dem Rappenhof wieder freundlich zu ihr. Sie sprach zwar nicht mit ihr, giftete sie aber auch nicht an. Nach der Schule holte Isa Alberta ab, und noch vor dem Essen führte Sven sie in den

Schuppen. Er öffnete das Tor weit. Im Dämmerlicht des Nebeltages erkannte Alberta, was er repariert hatte – und blau gestrichen. Ein kühles, sehr helles Winterblau. So wie Eis manchmal schimmert, wenn es richtig kalt ist. Oder Schneegipfel in der Ferne. Es würde keine harten Kontraste geben, wenn sie damit durch den Winterwald fuhren. Eine Zweispännerdeichsel. Zwei Pferde sollten ihn ziehen. Vor hoch aufgebogene Kufen. Und – ja – tatsächlich, da waren Glöckchen, silberne Glöckchen. Mit dem Pferdeschlitten durch den Schnee. Ein Wintermärchenweihnachtstraum. Alberta freute sich so sehr, dass sie alles vergaß und nur durchzählte, ob denn in dem Schlitten auch Platz genug war. Für den Rundumbeschlag. Komplett.
Vorn neben dem Fahrer ist nur Platz für einen, stellte sie fest. Wir müssen uns zu dritt auf die Schlittenbank quetschen. Theres ist ja so dünn.
An Christina dachte sie nicht.
«Welche Ponys werden ihn ziehen?», fragte sie.
«Die Faxis.»
Hrimfaxi und Vindfaxi – mit Reifmähne und Windmähne, mit Silberglöckchen im eisblauen Schlitten durch den Schnee!
Der fehlte noch, aber der Schlitten wurde langsam heller und die frische Farbe begann im Licht zu strahlen.
«Ah», sagte Isa, «die Sonne kommt durch. Jetzt schnell, Alberta, die Raureifrappen, sonst tauen sie auf.»
«So schnell geht das nicht», meinte Sven.
Trotzdem eilte Isa über den Hof, durch den Stall. Sie erreichten den Paddock, als die Sonne sich endgültig gegen den Nebel durchgesetzt hatte. Und da standen sie, Rappen

im Raureif, so etwas hatte Alberta wirklich noch nicht gesehen. Alle Pferde waren weiß, Gletta oder auch Bjalla hatten sich nicht sehr verändert. Aber die Rappen! Stjarni sah aus wie in einen Spitzenschleier gehüllt. Darunter schimmerte tiefschwarz sein Winterfell. Die mit funkelnden Schneekristallen geschmückten langen Haare reflektierten das Sonnenlicht und machten es vollkommen überflüssig, den isländischen Namen dieses Pferdes zu übersetzen: Stjarni war ein funkelnder Stern.

Alberta stand an die Stallwand gelehnt und schaute ihn an. Er war so schön, dass es fast wehtat. Er schnaubte, senkte den Kopf, scharrte mit dem rechten Huf, stupste Gustur an, wollte mit dem Freund ein wenig toben, spielen, und Alberta dachte, dass sie nie wieder ein anderes Pferd anschauen wollte. Am allerwenigsten eines mit einer schräg verrutschten Blesse und einem Glasauge. War es das, was so wehtat? Sie musste sich zwingen, den Blick Hamingja zuzuwenden.

«Ich finde, sie sieht etwas besser aus», meinte Isa. «Sie guckt anders.»

Aus welchem Auge? So viele schöne Pferde gab es hier. Musste Alberta sich ausgerechnet in ein …

«Findest du sie hässlich?», fragte sie.

«Hamingja? Nein. Sie ist nicht hässlich. Das sieht nur so aus.»

«Isa! Das ist Quatsch!»

«Glaubst du? Ich hab das mal in einem Buch gelesen: ‹… das ist nicht hässlich, es sieht nur so aus.› Hängt doch sehr davon ab, wie man es anschaut.»

«Hm.»

«Du, ich sag dir jetzt was. Seit heute habe ich ein klein wenig Hoffnung, dass sie durchkommt, da sag ich es dir. Hamingja ist ein Spitzenpferd. Auf den ersten Blick ist sie nicht hübsch, das stimmt, aber sie ist eine Persönlichkeit – so etwas wird nur alle zehn Jahre mal geboren. Falls sie gesund wird, dauert es noch, bis man sie richtig fordern darf, vielleicht gerade so lange, bis du so ein Pferd reiten kannst. Und dann werden wir vier, du und Hamingja, Stjarni und ich, über die Feldwege knattern und wer uns sieht, wird nicht wissen, welches von den beiden Pferden er hinreißender findet.»
Albertas Blick schwankte zwischen der gescheckten Stute und dem Raureifrappen hin und her. Sie versuchte, Isa zu glauben.

In den nächsten Tagen blieb es bei Raureif, Nebel und auf der Höhe manchmal etwas Sonne. Den Bäumen wurde das glitzernde Märchenkleid immer schwerer, die Äste bogen sich, der Reif rieselte auf die Wege, machte aber keine geschlossene Schneedecke. Die Reifglätte war tückisch, ausreiten konnte man nur mit den wenigen Pferden, die Hufeisen mit Löchern für Schraubstollen hatten. Aber die Halle war fertig und es musste kein Reitunterricht ausfallen. Alberta wartete auf den Morgen, an dem sie in einer weißen Schneelandschaft aufwachen würde. Stattdessen stand am 4. Advent rosarot Irinas Erdbeereisauto auf dem Hof. Sie sah es, als sie sich gerade nach der morgendlichen Stallarbeit umziehen wollte. Sie verhedderte sich fast in ihrem T-Shirt, sie sprang in die Jeans, merkte nicht, dass es die neue schwarze, die viel zu enge war, die sie nur mal wieder hatte anprobieren wollen. Sie riss einen Pulli vom Stuhl, es war Isas alter

Islandpulli, den sie gerade ausgezogen hatte. Und sie rannte aus dem Zimmer, die Treppe hinunter, schlitterte in den Hausschuhen über den reifglatten Hof, konnte und wollte nicht bremsen. Lachend fing die Schwester sie auf. Telefoniert hatten sie ja immer mal wieder, aber gesehen hatte sie lange niemanden mehr von ihrer Familie. Sie fragte nach der Mutter, nach den Brüdern. Nach dem Vater fragte sie nicht. Dann öffnete Irina die Heckklappe. Da war ein Pappkarton mit lauter bunten Päckchen.

«Weihnachtsgeschenke», erklärte sie. «Nicht für dich. Sollst du verschenken. Ich glaube nicht, dass du dich jetzt um so was kümmerst, stimmt's?»

«Ich, ähh, Irina», stotterte Alberta.

«Schon gut. Namen stehen drauf. Das da ist für Sven und Isa. Alles andere für uns. Damit es nicht gar zu peinlich wird am Heiligabend. Ist auch was für mich dabei.»

«Was ...»

«Duschgel. Muss ja nicht so aussehen, als sei dir was Besonderes eingefallen.»

Alberta griff hilflos nach den Päckchen, nahm eins in die Hand, legte es wieder weg, nahm ein anderes ...

«Danke, Irina, ich ...»

Sie hielt ein in Sternenpapier gewickeltes Päckchen in der Hand, schaute auf das Namensschild und ließ es fallen, als hätte eine Schlange sie gebissen.

«Dem schenke ich nichts!»

Irina sortierte alles wieder in den Pappkarton.

«Nimm es einfach mit. Du könntest Weihnachten das Bedürfnis haben, ihm etwas zu schenken.»

«Hat er das Reh schon ...?»

«Weiß ich nicht.»

«Ich esse das Reh nicht!»

«Du kriegst eine Kartoffel mehr.»

Irina warf die Heckklappe zu.

«Ich muss los.»

Plötzlich hatte Alberta schreckliche Sehnsucht nach der Mutter.

«Sag – bitte – Grüße – ganz – liebe –», stammelte sie um den Kloß in ihrem Hals herum.

Irina lächelte. Sie standen sich noch eine Weile wortlos und traurig gegenüber, bis in Irinas Augen ein plötzliches Leuchten blitzte.

«He, Alberta», flüsterte sie, «seit wann passt dir *diese* Hose?»

Dann sprang sie in ihr Auto und fuhr vom Hof.

Alberta trug den Karton in den Hausflur und schlüpfte in ihre Stallschuhe. Sie konnte jetzt nicht einfach zum Frühstück gehen. Erst musste der Kloß im Hals weg, bevor sie eine Chance hatte, etwas hinunterzuschlucken. Sie ging zu Hamingja. Die fraß ihr Heu. Sie brummelte leise, als Alberta den Paddock betrat. Von der Pferdeaugenseite ging Alberta auf sie zu, zupfte an der Mähne, lauschte auf das zufriedene Brummeln. Wie ein rollendes Kollern von weichen Steinen klang das. Sie hockte sich auf den Boden, schob das Heu näher an die Stallwand. Wie kam das so weit in den Paddock? Hamingja hatte ihr Heu noch nie von der Stallwand weggeschoben. Und da sah sie …

«Hamingja», flüsterte sie, «Hamingja …»

Mehr fiel ihr nicht ein. Mehr war dazu auch nicht zu sagen, denn Hamingja hieß ja schon «Glück». Durch den Paddock bewegte sie sich noch langsam, man soll ja nicht rennen in der Nähe von Pferden, aber dann raste und rutschte sie über den Hof und stürmte die Treppe hinauf zur Küche.

«Isa!», schrie sie. «Sven! Hamingja steht frei. Sie steht auf allen vier Beinen, sie lehnt sich nicht an die Wand!»

Isa ließ das Brötchen fallen.

«Adventskalender», sagte sie. «Wenn am 20. hinter dem Türchen vier schmerzfreie Hamingja-Hufe sind, was wird dann am 24. sein?»

So stand Alberta an diesem 4. Advent in der Küchentür: in Isas altem Islandpulli, der bei den Stallklamotten liegen sollte. In den Arbeitsschuhen, die unten im Flur stehen sollten. Dazwischen die schwarze Jeans. Vor lauter Traurigkeit und lauter Glück hatte sie völlig vergessen, dass ihr diese Hose passte. Vielleicht war das auch gar nicht mehr so wichtig.

Am nächsten Morgen dann endlich: Schnee!

21. Dezember. Zwei Tage sollte Alberta noch auf dem Rappenhof bleiben. Am 23. musste sie zurückkehren, dahin, wo sie einmal mehr oder weniger zu Hause gewesen war. Da endlich kam der Schnee.

In der Schule fiel ihr auf, dass Jana nicht nur sie, sondern auch Theres loszuwerden versuchte, und schließlich mit: «Kann ich denn nicht mal alleine aufs Klo gehen!» in der Toilette verschwand. Bevor die Tür zufiel, sah Alberta noch, dass sie ihr Handy aus der Tasche zog.

Später, als Isa auf dem Parkplatz neben ihrem Auto stand, bemerkte Alberta einen Blickkontakt zwischen Jana und Isa, ein kleines Lächeln und ein Nicken mit den Augen. Isa rief Theres und Felix zu: «Seid heute bitte um zwei am Stall. Es ist wichtig. Christina kommt auch.»

Theres sprang noch einmal aus dem Volvo.
«Wir fahren mit dem Schlitten?»
«Ihr reitet. Neben dem Schlitten.»
Es hatte aufgehört zu schneien und allmählich setzte sich die Sonne durch.
«Perfekt», sagte Isa, «das muss jetzt klappen.»
Das Mittagessen fiel knapp aus. Fast im Stehen stopften Alberta und Isa ein paar Nudeln in sich hinein, während Sven bereits die Pferde einspannte und sattelte.
«Warum muss das so schnell gehen?», fragte Alberta.
«Wir brauchen mindestens zwei Stunden», sagte Isa. «Und um halb fünf ist es schon fast dunkel. Du sitzt im Schlitten. Ich hab kein Anfängerpferd mit Winterbeschlag. Außerdem musst du bei Christian bleiben.»
«Christian kommt heute nicht.»
«Doch.»
Er war schon da. Herr Kiefer hob die schwere Miriam auf den Schlitten, auf den Sitz neben dem Fahrer, wickelte sie in Decken und schnallte sie an.
«Christian brauche ich noch!», rief Isa. «Und Skuggi. Komm, Alberta, wir schaffen auch das Foto noch.»
«Was für ein Foto?»
Sven hatte Stjarni, Skuggi und Bjalla gesattelt.
«Hab ich die richtigen Pferde erwischt?», fragte er.
Isa nickte. «Skuggi muss mit, sonst dreht Christian ab. Und Stjarni gehört zum Club der schwarzen Pferde.»
Was für ein Club der schwarzen Pferde? Stjarni war hier der einzige Rappe.
«Ich finde, mit deinem Club übertreibst du», sagte Sven. «Du hast einen Rappen zu viel aufgenommen.»

Alberta hatte keine Zeit, sich darüber zu wundern. Isa griff nach Skuggis Zügel, Frau Marstätter hatte Christian auf dem Arm.

«Tut mir leid, dass ich so einen Stress mache», sagte Isa, «aber wenn wir zurückkommen, ist es für das Foto wahrscheinlich zu dunkel. Sie können Christian schon auf Skuggi setzen.»

Christian strampelte, zappelte, trat gegen die Sattelblätter. Offenbar gefiel ihm der Sattel nicht. Frau Marstätter reichte ihm seinen Karo Bär. Da beruhigte er sich. Sie gingen zum Holzpaddock. Endlich durfte Skuggi einmal in das Abteil der Stuten. Es gab keine Aufregung. Über den Zaun hatten sie sich schon genug beschnuppert. Isa arrangierte das Foto: Alberta mit ihren Karos Skuggi, Hamingja und Christians Teddy: Karo König, Dame, Bär.

«Bekommen wir auch eins?», fragte Frau Marstätter.

«Ich dachte, das ist für Sie?», wunderte sich Alberta.

«Das ist für dich», erklärte Isa, «das Foto wird einen besonderen Platz in deinem Leben bekommen.»

Christian durfte Skuggi zum Hof zurückreiten. Da waren inzwischen Theres mit Barana, Felix und Christina eingetroffen. Die Schlittenfahrt zum Club der schwarzen Pferde konnte beginnen. Barana durfte mitkommen. Lleu und Goewin musste Sven an die Leine nehmen. Sie tobten und bellten und wären gar zu gern neben dem Schlitten gelaufen. Aber drei Hunde waren auch Isa zu viel.

Was war schöner? Im Schlitten sitzen oder daneben reiten und den Schlitten sehen? Wenn Alberta den Kopf ein wenig zur Seite neigte, blickte sie zwischen Isa und Miriam auf die schwingenden Rücken der Faxis, dunkle Pferdekörper mit hellen Mähnen und Schweifen. Links neben ihr ritt Theres mit Stjarni. Die schaute sie nicht an, sie hatte nur Augen für das eisblaue Märchenfahrzeug, um das Barana bellend herumsprang. Felix musste am Anfang immer dicht neben der anderen Seite bleiben. Sobald er sich entfernte, wenn er zum Beispiel mit Christina ein wenig voraustölten wollte, schrie Christian seinem Skuggi nach. Aber nach einer Weile fing das Kind an zu lauschen und streckte die Hände nach den Glöckchen aus, die vorn in den hohen Kufen leise läuteten. Alberta musste seinen Karo Bär auffangen, der ihm aus den Händen glitt. Christian konnte die Glöckchen nicht erreichen, doch das schien ihn nicht zu stören, es sah aus, als wollte er nur nach den Tönen greifen. Sein Gesicht war entspannt und vielleicht waren es seine Klauenfinger in den dicken Fäustlingen auch. So konnten die drei Reiter nun die Positionen wechseln und den Schlitten von vorn, von hinten und von den Seiten sehen.

Alberta dachte: Ich will das auch. Ich will raus. Ich will uns sehen.

Aber da drehte Miriam sich um, ihr Gesicht war nur noch ein wenig schief, man sah ihr an, wie sie die Schlittenfahrt genoss. Alberta begriff: Hier bin ich richtig, mittendrin. So sieht das Glück von innen aus.

Sie glitten durch den Schnee. Es war still. Kein Hufschlag, kein Räderrumpeln oder -rollen. Sie fuhren mit nichts als Glockengeläut. Über die Feldwege. Die Hügel hinunter. Durch die Weite des Landes. In den Wald. Da waren die Wege enger. Die Reiter mussten nach vorn oder nach hinten. Sie blieben hinten, keiner von ihnen kannte das Ziel, den Club der schwarzen Pferde mit nur einem Rappen.

Sie erreichten eine Lichtung, den Kreuzpunkt zwischen

Rappenhof und Ulmenhof. Isa hielt den Schlitten an. Die Glöckchen verstummten. Christians ausgestreckte Hände waren leer. Er wurde unruhig, gab leise unwillige Töne von sich.

«Warum fährst du nicht weiter?», fragte Christina.

Isa antwortete nicht. Zwischen Handschuh und Ärmel fummelte sie ihre Uhr frei. Der Weg geradeaus war die kürzeste Strecke zum Ulmenhof. Im spitzen Winkel dazu kreuzte ein weiterer Weg die Lichtung, Ausreitgelände, das sie selten nutzten, zu unangenehm waren die Begegnungen mit den Reitern vom Ulmenhof. Alberta schaute in den sehr viel schmaleren Waldweg. Da konnte Isa mit dem Schlitten nicht weiterfahren. Sie musste wenden oder geradeaus weiter. Zum Ulmenhof. Christians Klagen wurden lauter, gleich würde er schreien.

«Die Glöckchen, Isa», rief Alberta, «Christian will die hören.»

Isa berührte die Glöckchen mit der Peitsche. Die Faxis verstanden das falsch und zogen an.

«Hooohhh», sagte Isa, die Ponys standen, Christian streckte wieder die Hände nach dem silbernen Läuten aus. Alberta saß jetzt genau an der Einmündung des schmalen Weges. Über die weiße Strecke des verschneiten Bodens näherte sich etwas, groß und schwarz. Es kam schnaubend näher. Auch die Ponys schnaubten, Skuggi wieherte. Auf die Lichtung trabte Natalie. Natalie mit ihrem schönen schwarzen Pferd. Isa hatte nicht übertrieben. Barana verbellte einen prächtigen Rappen mit einer Mähne so üppig wie Stjarnis, aber er war größer und in weichen Wellen fiel das schwarze Haar von seinem mächtigen, hoch gebogenen Hals.

Da also ist die gelandet, dachte Alberta, ich hätt's wissen müssen.
Schon im Sommer bei dem großen Turnier war Natalie dauernd in der Friesenkutsche von Werner Brauer gesessen, hatte sogar einmal fahren dürfen. Sie hatte sich also bei Brauer eingeschleimt.[5] Dass man diese Pferde auch reiten konnte, hatte Alberta nicht gewusst. Christian starrte den Friesen an. Sah er etwas von dieser Schönheit? Obwohl Isa aufhörte zu bimmeln, blieb er ruhig.
«Hallo», sagte Natalie zuerst zu Isa, dann zögernd «Hallo» zu ihren drei früheren Reiterkollegen, die niemals ihre Freunde gewesen waren.
«Gutes Timing», sagte Isa. Natalie nickte. Die waren hier verabredet. Im Club der schwarzen Pferde? Alberta verstand. Es würde noch ein dritter Rappe kommen, und sie wusste auch welcher. Fantasy, natürlich, Janas neues Pflegepferd. Im Club der schwarzen Pferde sollte ein Versöhnungsfest gefeiert werden. Zwischen wem? Jana und Natalie? Bestimmt nicht! Offenbar hatte Jana das alles geplant, und die wollte doch keinen Frieden mit Natalie.
Das mit Natalie muss Isas Idee gewesen sein, dachte Alberta. Die ist ein gnadenloser Friedensstifter.
Arkansas! Bettinas Berittpferd Arkansas!
Sie warteten hier auf Jana mit Fantasy und Bettina mit Arkansas. Und das war die Idee von Jana.
Natalie wirkte ein wenig nervös. Ihre rechte Hand spielte mit der Gerte. Der Friese fing an, im Schnee zu scharren. Christian starrte ihn noch immer an. Natalies Blick flog unruhig hin und her. Sie drehte sich im Sattel, schaute in

5 Das wird in *Hufspuren 1: Fliegender Wechsel* erzählt.

den Weg zum Ulmenhof, wandte sich wieder ab, denn, ja, da kam der dritte Rappe. Jana trabte leicht. Als sie auf der Lichtung hielt, musste sie Natalie und den Friesen sofort sehen, aber sie schaute nur Isa an.

«Tut mir leid», sagte sie.

Da war etwas schiefgegangen, kein Arkansas, keine Bettina.

«Was ist passiert?», fragte Isa.

Jana zuckte die Achseln.

«Ich musste es ihr sagen. Sie hat mich gelöchert. Warum gerade heute? Genau um diese Zeit? Hierher? Ich kann so schlecht lügen. Also hab ich die Wahrheit gesagt und Bettina wollte nicht mit hierher reiten. Aber du hast ja für genügend Versöhnungsmaterial gesorgt. Hi, Natalie, komischer Zufall, dass du auch hier bist. Geniales Pferd.»

Aber während sie das sagte, schaute sie Alberta an.

«Es tut mir leid», sagte sie.

«Mir auch», sagte Alberta.

Isa sah zwischen den beiden Mädchen hin und her.

«Das langt mir nicht! Ihr hättet euch auch in der Schule aussprechen können. Ich will Bettina. Ich will endlich einmal mit der reden. Ist sie zurückgeritten?»

Jana schüttelte den Kopf.

«Glaube nicht, dass sie weit weg ist. Die kämpft irgendwo mit Troilus.»

«Troilus?» Isa fuhr hoch. «Ist die wahnsinnig? Ich denke, die reitet diesen Arkansas.»

«Ich kann ihr doch nicht auch noch vorschreiben, mit welchem Pferd sie ausreitet.»

«Aber Troilus? Das ist doch euer Stallclown? Der mit den Mondsichelohren? Kann sie den im Gelände reiten?»

«Nur im Gelände», erklärte Jana. «Er hat so was wie ein Hallentrauma. Wir wissen nicht, was da mal passiert ist. Draußen ist er okay. Aber es muss immer jemand mit. Er klebt wie Uhu.»

«Der?», wunderte sich Isa. «Der ist doch damals abgehauen. Ganz allein. Der ist kein Kleber.»

«Wenn niemand drauf sitzt, geht er überall hin. Aber wenn Bettina ihn reitet, schiebt er Panik. Er wollte nicht weg von Fantasy. Vielleicht rennt er jetzt mit ihr zurück zum Ulmenhof.»

Das tat er nicht. Sie hörten ein Wiehern. Und dann kam ein weiteres großes dunkles Pferd über den Waldweg heran, auf seinem Rücken eine junge Frau in einer dunkelblauen Reitjacke und ohne Helm. Sie trabte nicht. Sie galoppierte schneller, als es auf dieser Strecke im Schnee vernünftig war. Ein großer Pferdekörper von unbestimmbarer Farbe bremste hart, rutschte auf den Hinterbeinen durch den Schnee wie ein Westernpferd im Sliding Stop. Skuggi wieherte. Erkannte er den möglichen Freund? Den idealen Kumpel, um den verrücktesten Unsinn zu machen? Aus Troilus' dünnen schwarzen Schopfhaaren ragten die verwegensten Mondsichelohren. Doch im Augenblick sah er gar nicht nach Spaß und Blödsinn aus. In seinen Augen war Angst, er drängte sich sofort an seine Stallgefährtin Fantasy. Bettina sah noch weniger nach Spaß aus. Und erst recht nicht, als sei sie gekommen, um mit irgendjemandem Frieden zu schließen!

Neben Fantasy beruhigte sich Troilus, aber es blieben Bettina nur wenige Sekunden, um Jana mit wütenden Blicken zu vernichten. Es geschah etwas. Genauer, es passierte vieles auf einmal. Es war wie ein Auffahrunfall von Bildern und Lauten, ein Massencrash von Ereignissen.

Wenn Alberta später an diesen Tag zurückdachte, und das tat sie oft, dann sah und hörte sie alles wie in einem Film. Aber der Film war gegen eine Wand gekracht. Die vielen einzelnen Bilder, aus denen ein Film besteht, stauten sich vor der Wand, sie lagen übereinander, untereinander, durcheinander, und mit dem Ton war es genauso:

Bettinas wütendes Gesicht und die Todesangst im Auge eines fliehenden Tieres, das schmutzig braun wie Troilus, aber kein Pferd ist. Und Alberta sieht es von hinten, sieht den weißen Fleck, der wie eine Niere geformt ist, und sie weiß: Das ist kein Reh, das ist ein Bock.

Einer der Rappen läuft rückwärts und stößt mit der Hinterhand gegen einen Baum, Janas Gesicht darüber ist konzentriert, ohne Panik, eher verwundert.

Die Blutspur vor den windfarbenen Isländern gar zu deutlich im Schnee. Baranas aufmerksamer Kopf, fiebernd vor Eifer, sie ist hier glücklich, nur sie.

Troilus wiehert nicht, er schreit. Und der Schuss. Nein, erst der Schuss, dann Troilus' Schrei, dann das Reh, der Rehbock. Und Theres schreit auch und schreit noch einmal, als ihre Hündin mit einem gewaltigen Satz über die Deichsel zwischen Pferden und Schlitten im Wald verschwindet.

Vor Albertas Füßen liegt der Karo Bär. Wieso hat sie Zeit, sich zu wundern, dass Troilus' Bauch von unten so merkwürdig kahl ist? Wieso hat sie Zeit, sich zu fragen, ob der denn gar kein Winterfell hat? Es geht nicht um Zeit. Jemand hat die Zeit abgestellt. Alles ist durcheinander. Sie riecht Waffenöl und Hasenbraten und sieht ihren Vater am See in Kasachstan,

während Troilus auf den Hinterbeinen steht, hoch und gerade wie eine der Kiefern am Rand der Lichtung.
Ein Jäger schießt jetzt keinen Bock, ein Jäger nicht! Es ist Schonzeit für Rehböcke.
Die Hufe von Troilus' Vorderbeinen sind so hoch, als wollte er Abdrücke in den Himmel machen. Alberta sieht den gelblichen Schlauch des Hufgrips an der inneren Kante des Eisens und die Schraubstollen und unten im Schnee eine dunkelblaue Reitjacke.
Warum schreit Christian nicht?, fällt ihr ein und sie schaut nach rechts auf das Kind. Das ist sehr weiß im Gesicht und atmet schwer.
Stjarni springt vor. Theres starrt auf die roten Flecken im Schnee, dahin, wo die Spur und ihr Hund im Gebüsch verschwunden sind. Alberta weiß, dass sie handeln muss. Theres schreit noch einmal, aber in dieser kreischenden Häufung von a-Lauten wird Barana ihren Namen kaum erkennen. Alberta muss etwas tun. Dies ist ihre Sache, sie weiß, wer auf diesen Rehbock geschossen hat.
Sie ist plötzlich vollkommen ruhig. Das große Pferd, das ohne Reiter mit fliegenden Steigbügeln Richtung Ulmenhof flieht, interessiert sie nicht. Die dunkelblaue Reitjacke erhebt sich aus dem Schnee und flucht. Alberta schwingt sich aus dem Schlitten. Sie kann so klar denken, dass sie den Teddy aufhebt und ihn dem Jungen in die bebenden Hände drückt. Christians Arme schnappen zu. Sie schließen sich um das Kuscheltier wie Handschellen um ein Verbrechergelenk und hören auf zu zittern. Alberta kennt ihren Weg. Die rote Spur wird sie führen, aber sie braucht einen Vorwand. Die anderen müssen nicht wissen, was hier geschehen ist. Nur

Isa. Alberta wechselt einen Blick mit Isa. Die hat als Einzige außer ihr alles verstanden.

«Ich hol Barana zurück», sagt Alberta zu Theres. «Bleib du bei Stjarni, aber gib mir die Leine.»

Theres kramt die Hundeleine aus der Tasche ihres Anoraks. Sie macht keinen Versuch, die Rollen zu tauschen. Blutspuren zu folgen ist keine Aufgabe für sie.

Es ist schwieriger, als Alberta dachte. Mitten im Gestrüpp ist die Spur nicht so klar wie auf der Lichtung. Sie folgt vereinzelten roten Flecken und den frisch abgebrochenen Zweigen. Da hört sie Baranas nervöses Bellen und weiß, jetzt muss sie schnell sein. Es könnte ein Jäger im Wald sein oder der Förster. Sie muss Barana zur Ruhe bringen, bevor Jäger oder Förster in ihrem Revier einen Jagdhund finden, der einen halbtoten Rehbock verbellt, den nur ein Wilderer von einer Futterstelle weggeschossen haben kann.

In einem Dickicht junger Fichten findet Alberta die aufgeregte Hündin und das sterbende Tier. Es ist auf die verletzte Seite gefallen. Alberta sieht keine Wunde, aber aus seiner Nase fließt Blut, und der Schnee vor seiner Brust färbt sich rot. Es schlägt mit den zweifingerdünnen Beinen, das kleine Schwänzchen wirbelt über dem weißen Fleck am Hinterteil. Seine Augen zerspringen in Panik. Es will fliehen vor dem Hund, der immer noch bellt. Wie laut mag Baranas Bellen in diesen riesigen Ohren klingen? Alberta kniet im Schnee, nimmt den Hund in den Arm – «Still!» – legt eine Hand um Baranas Schnauze – wie macht Theres das immer? – «Still!» Die Hündin hört auf zu bellen. Winselnd liegt sie am Boden, kriecht auf dem Bauch näher an den Rehbock heran, berührt ihn aber nicht. Alberta streckt eine Hand aus. Darf sie ihn anfassen? Streicheln? Er atmet schwer, er röchelt. Mit jedem verzweifelt nach Luft ringenden Atemzug quillt stoßweise schäumendes Blut aus der Nase. Der Schuss hat die Lunge getroffen. Er wird ersticken, dabei verbluten, ausbluten, wie ein vorschriftsmäßig geschlachtetes Kalb. Alberta sieht wieder die glücklichen Kälber und Schweine, gemalt auf den Laster am Schlachthof, hört die Schreie aus den Hallen. Sie riecht wieder den gespickten Hasenbraten, den sie in Kasachstan so gern gegessen hat, der duftend nicht mehr Hase, der nur noch Fleisch war.

Barana neben ihr winselt nicht mehr, sie knurrt. Etwas Großes kniet an Albertas rechter Seite, greift an ihr vorbei, hat ein Messer, macht damit einen tiefen Schnitt in den Hals des Tieres. Mehr Blut, weniger Zucken in den Beinen, weniger Panik in dem Auge, stille große Ohren, kein Röcheln, kein Atem und das Auge wird zu Glas. Jetzt kann sie es streicheln, das rehbraune Winterfell, das am Rücken unverletzt ist, aber nass von Schweiß.

Muss sie sich umdrehen? Gibt es einen Blick in schrecklichere Augen als diese toten aus Glas? Der Hund knurrt lauter. Sie muss sich umdrehen. Und zum ersten Mal seit einem Monat sieht Alberta ihren Vater. Wo ist ihr Hass? Wo sind ihre Wut und ihre Verachtung? Ein altes Gefühl überfällt sie aus verborgener Tiefe wie ein hinterhältiger Feind. Sie schaut ihren Vater an, und sie liebt ihren Vater. Er hat das Messer in der Hand. Es ist keines von Antons Wurfmessern und es ist voller Blut. Es zittert in seiner Hand. Vorhin hat es nicht gezittert. Und er lächelt. Wie kann er es wagen, sie anzulächeln mit diesem Messer in der Hand? Aber wo ist ihr Hass? Albertas Blick flackert hilflos durch das Fichtendickicht, über den Rehbock und sucht ihren Hass. Doch das tote Tier hilft ihr nicht. Hier findet und empfindet sie Mitleid und Trauer, keinen Hass. Da macht er einen Fehler. Er wischt das Messer am Rücken des Tieres ab, nicht an den Fichtenzweigen, nicht im Schnee, und Albertas Augen funkeln wieder.

«Ich zeige dich an», sagt sie leise und lauernd. «Du kannst nichts abstreiten. Ich habe dich erwischt. Ich zeige dich zweimal an. Du hast mich geschlagen und ich habe dich hier erwischt.»

Sie steht auf und zerrt den nun gefährlich knurrenden Hund am Halsband aus dem Unterholz, wirft noch einen Blick auf das tote Tier, hakt die Leine ein, taumelt ziellos durch den Wald, den Hund muss sie hinter sich herziehen.

Sie hätte sich verlaufen. Aber dann gibt sie Barana nach und lässt sich führen. Sie achtet nicht auf den Weg, stolpert über Wurzeln, rutscht im Schnee. Sie denkt: Ich hasse ihn. Ich mache ihn kaputt. Ich zeige ihn an. Ich kann ihn erpressen. Ich werde mich rächen. Jetzt habe *ich* die Macht!

Sie ist völlig überrascht, als sie plötzlich auf die Lichtung tritt. Erst sieht sie nur einen kleinen Ausschnitt: Theres, deren Augen sich auf Barana stürzen. Dann weitet sich ihr Blick. Bettina steht abseits an einen Baum gelehnt. Und in diesem Club der schwarzen Pferde fehlt einer der Rappen.

SOFAPFERD 14

Alberta beantwortete zuerst Isas fragenden Blick mit einem Nicken: Ja, er war es. Dann wandte sie sich Theres zu.

«Alles okay. Barana hat das Reh verbellt, aber nicht berührt. Super Jagdhund. Es wird keinen Ärger geben.»

«Und das Reh?», fragte Theres.

«Das ist tot.» Alberta achtete genau auf ihre Worte, sie wollte nicht lügen. «Das war ein schlechter Schuss. Der – Typ wird's Maul halten und keinem Förster von dem Hund was erzählen.»

«Es war ein Bock», mischte sich Bettina ein. «Die haben Schonzeit. Und er kam von da, von der Futterstelle. Man sollte den Jäger anzeigen.»

«Wo sind Jana und Fantasy?», fragte Alberta.
«Troilus nachgeritten», erklärte Isa. «Die sind wohl schon am Ulmenhof. Wir bringen jetzt Bettina dahin. Ihr müsst euch im Schlitten etwas zusammenquetschen.»
«Danke», knurrte Bettina wenig begeistert.
«Ich reite zurück», sagte Natalie.
«Magst du nicht mitkommen?», schlug Isa vor.
«Wird zu spät. Ich habe den weitesten Weg.»
Sie nickte noch einmal, ohne jemanden anzusehen, wendete ihren Friesen und trabte in den schmalen Weg. Der Club der schwarzen Pferde war aufgelöst. Hatte wenigstens Isas Friedensplan geklappt? Jana hatte Natalie immerhin nicht angegiftet. Aber der Versuch, Bettina mit den Rappenhofleuten zu versöhnen, war gescheitert. Denn Bettina konnte hier nichts als Wut empfinden. Was für eine Niederlage für die Reitlehrerin vom Ulmenhof! Da geht ihr das Pferd durch und rennt einfach hierher. Dann wirft es sie ab und lässt sie zu Fuß im Wald stehen … und das vor Isa und ihren früheren Reitschülern. Keine gute Voraussetzung für ein besseres Miteinander.
Alberta stieg in den Schlitten, hob Christian und setzte ihn sich auf den Schoß. Eigentlich saß sie nicht gern neben Bettina, aber dies würde eine Fahrt des Triumphs.
Und ich kann ihn erpressen, dachte sie. Ich habe jetzt die Macht.
Als Bettina in den Schlitten steigen wollte, fing Christian an zu schreien. Er warf die Arme herum, dass Karo Bär aus dem Schlitten flog, er zappelte, strampelte und schrie. Bettina sprang sofort zurück.
«Bitte», sagte Isa, «geben Sie ihm seinen Teddy.»

Bettina reichte ihm sein Plüschtier, aber Christian nahm den Teddy nicht von ihr. Sie musste ihn erst Alberta geben, die drückte ihn Christian in die Arme und setzte den Jungen wieder neben sich. Er hörte auf zu schreien.
«So geht das nicht», sagte Isa. «Es muss jemand neben ihm sitzen, den er kennt. Theres am besten, ja, wollen Sie Stjarni reiten?»
War das ein Leuchten in Bettinas Augen? Unmöglich! Alberta musste sich geirrt haben. Aber Bettina sagte zum zweiten Mal und in einem völlig anderen Ton: «Danke!»
«Vielleicht reiten Sie voraus?», schlug Isa vor. «Sie kennen den Weg besser als ich.»
Bettina blieb zögernd stehen.
«Ich habe noch nie einen Isländer geritten», sagte sie.
«Sie können ihn tölten. Geben Sie ihm im Schritt eine Spannung wie kurz vor einem Sprung. Dann lassen Sie ihn nicht vorwärts springen, sondern aufwärts laufen.»
So fuhren und ritten sie zum Ulmenhof. Christian hatte nichts gegen Theres im Schlitten. Barana lief neben ihr. Felix und Christina blieben hinten, Bettina war vorn allein. Eine weise Einteilung von Isa. Niemand außer ihr konnte sehen, wie Bettina den Isländer ritt. Alberta lehnte sich einmal zur Seite, schaute zwischen Isa und Miriam über die Faxis auf Stjarnis Schweif. Der schwang in einer gleichmäßigen S-Bewegung, ein sicheres Zeichen dafür, dass Bettina einen taktklaren Tölt ritt.
Als sie das Ulmenhofgelände erreichten, führte Bettina sie geschickt über Wege, die nicht geräumt waren, sodass Isa mit dem Schlitten fahren konnte. Aber die rief: «Warten Sie!»
Doch Bettina schwebte im Tölt durch eine Schneewolke.

«Warten Sie doch!»

Bettina nahm das Tempo zurück, ließ sich von den Faxis überholen, blieb auf gleicher Höhe mit Isa und sagte: «Wir haben einen Weg im Schnee bis zum Reitplatz.»

«Aber vielleicht sollten wir hier umdrehen», meinte Isa. «Ich weiß nicht, ob es gut ist, wenn wir …»

Bettina parierte Stjarni durch zum Schritt, zum Stehen. Isa brauchte etwas länger, um den Schlitten anzuhalten. Isa und Bettina schauten sich an. Vielleicht war es das erste Mal. Dann schüttelte Bettina leicht den Kopf und mit einem ebenso leichten Schenkeldruck ließ sie Stjarni weitergehen. Isa musste folgen. Schließlich war das ihr Pferd.

Der Ulmenhof war voller Voltigierkinder, die gerade aus der großen Eingangstür quollen. Mütter hielten kleinere Geschwister an der Hand oder trugen sie auf dem Arm, und als eines der Kinder rief: «Ein Schlitten!», und ein anderes «Der Weihnachtsmann!», änderte das gesamte Rudel die Richtung und stürmte auf die Isländer zu. Sofort waren die keineswegs geladenen Gäste umzingelt von streichelnden Händen in verschiedenen Größen. Die Isländer nahmen das gelassen entgegen, aber Isa drehte sich um und warf Alberta einen hilflosen Blick zu. Einen Auftritt als Weihnachtsmann hatte sie nicht eingeplant. Miriam streckte die Arme aus, lachte und griff nach lauter kleinen Händen, die keinen Platz auf dem Winterfell der Faxis gefunden hatten. Dann entdeckten sie die Glöckchen und bimmelten, als wollten sie ein Orchester übertönen.

Abseits von all dem stand einer, der offenbar nicht an den Weihnachtsmann glaubte. Manfred Grohne-Wilte machte überhaupt kein Heilig-Abend-Gesicht. Von Troilus war nichts zu sehen, aber Alberta erkannte sein Halfter über der Schulter des Stallbesitzers, Chromleder, Messingbeschläge, das beste für seinen Glückskauf, den er anscheinend selbst versorgt und in seine Box gebracht hatte. Bettina sprang vom Pferd, Felix auch. Theres verließ den Schlitten, nahm Stjarnis Zügel entgegen und Bettina sagte laut zu Isa: «Vielen Dank! Nicht nur, weil ihr mich zurückgebracht habt. Vor allem weil ich dieses geniale Pferd reiten durfte. Mein erster Tölt. Doch – das hat was!»

«Vielleicht willst du umsteigen?», kam es scharf von hinten. «Diese Isländer sind ja viel zuverlässiger. Da fällt man nicht so leicht runter.»

Bettina drehte sich zu ihrem Chef um.

«Ich hab diesen Troilus nicht ausgesucht. Ich hab dir gleich gesagt, dass er schwierig ist. Sehr!»

Und alle Kinder wollten Schlitten fahren. Isas Versöhnungsausflug war zu einer unfreiwilligen Werbekampagne für ihren eigenen Hof geworden. Schlimmer hätte es nicht ausgehen können.

«Das ist unmöglich», wies sie die Kinder zurück, «wir müssen nach Hause, es wird bald dunkel.»

«Eins ist ja wohl klar», unterbrach Grohne-Wilte. Er schaute Christina an. «Man sieht, wer wo und wie ausgebildet wurde. Felix und Theres führen ihre Pferde. Sie haben hier gelernt, dass ein Pferd kein Sofa ist und dass man nicht darauf hocken bleibt, wenn der Ritt unterbrochen wird. Woanders wird so etwas wohl nicht unterrichtet.»

Natürlich war Christina nicht abgesessen. Sie tickte Bjalla mit der Gerte an, lenkte sie zu Felix, der half ihr aus dem Sattel, während Grohne-Wilte immer noch schimpfte.

«Es ist nicht fair gegenüber dem Pferd …»

Weiter kam er nicht. Christina ging ein paar Schritte auf Felix gestützt, und Grohne-Wilte musste verstehen. Sie schaute ihn herausfordernd an. Doch es kam keine Entschuldigung von ihm. Sein Gesicht wurde starr. Es versteinerte mit dem zornigen Ausdruck, nur in seinen Augen war überhaupt keine Wut mehr. Aber es legte sich eine Spannung über die Gruppe von Pferden und Menschen. Die Kinder hörten auf, die Ponys zu streicheln. Barana eroberte einen Handschuh und kaute nervös darauf herum. Die Glöckchen bimmelten aus. Jana kam aus dem Stall, näherte sich langsam und stellte sich neben Theres. Niemand begriff, warum die Luft plötzlich so elektrisch geladen war, denn niemand ahnte, was hinter dem reglosen Gesicht von Grohne-Wilte vor sich ging, aber alle drehten sich zu ihm um. Er jedoch blickte nur auf Christina. Es wurde sehr still.

«Du bist hierher geritten?», fragte er.

Christina nickte.

«Du bist verletzt?»

«Seit sieben Jahren. Fahrradunfall.»

«Ist das dein Pferd?»

Das «Ja» kam etwas zögernd, noch immer hatte Christina Schwierigkeiten, Theres' geliebte Bjalla als ihr Pferd zu bezeichnen.

«Wie machst du das mit dem Rücken?»

«Trab ist schwierig. Galopp geht so. Tölt ist perfekt.»

«Zeig es mir!»

Das war ein Befehl. Christina rührte sich nicht. Hatte sie hier zu gehorchen?

«Mein Sofa hätte gern eine Pause», sagte sie.

«Zeig es mir.»

Das war kein Befehl. Es war eine Bitte. Christina nickte Felix zu, er half ihr wieder auf das Pony und sie ritt zum Eingang des Reitplatzes. Grohne-Wilte folgte ihr. Er stellte sich in die Mitte des Platzes und Christina führte Bjalla in allen vier Gangarten vor. Dann ging er zu ihr, lief neben ihr her, sie sprachen miteinander. An der Umzäunung des Reitplatzes hob er sie vom Pferd.

«Ja», sagte Bettina. Wahrscheinlich hatte sie es leise sagen wollen, aber Bettina war selten leise. «Ja! Tu es! Es geht.»

Und da fing auch Alberta an zu begreifen.

Für die Volti-Kinder war das nicht mehr interessant. Die Spannung war weg, eine Schlittenfahrt würde es nicht geben, die Kinderhände trennten sich von den Winterpelzen der Ponys, die Mütter zogen die Kleinen Richtung Parkplatz. Einige liefen rückwärts. Aber sie schauten nur auf den Schlitten und merkten nicht, was da auf dem Reitplatz geschah. Zum ersten Mal seit zehn Jahren ritt Grohne-Wilte ohne Schmerzen. Isa suchte einen Blickkontakt mit Bettina und fand ihn.

«Glauben Sie …?», flüsterte sie.

Bettina zuckte die Achseln: «Vielleicht.»

«Würden Sie dann …?»

Bettina lächelte und sagte diesmal wirklich leise: «Ich bin diesen dauernden Streit doch auch so leid.»

Grohne-Wilte war abgestiegen und gab Christina ihr Pferd zurück. Sie ritt zu den Rappenhofleuten, er stand noch eine Weile an den Zaun des Reitplatzes gelehnt. Dann kam er. Langsam. Noch immer war sein Gesicht ohne jeden Ausdruck und seine Stimme klang, als sei er ziemlich erkältet.

«Das ist ja wirklich ein Sofapferd», sagte er. «Haben Sie so was auch in etwas – etwas – größer?»
«So bis zu 1,45 kann ein Isländer haben», erklärte Isa.
«Und? Haben Sie so einen?»
«Ja, schon, aber …»
«Nicht aber! Ich will Ihnen den nicht wegkaufen, nicht so bald. Ist mir schon klar, dass ich als alter verunglückter Großpferdereiter für die Gangarten noch einiges lernen muss. Ich komme zu Ihnen und nehme Reitstunden. Wann?»
Bevor Isa antworten konnte, hatte er sich zu Bettina umgedreht. Und plötzlich hatte sein Gesicht durchaus einen Ausdruck, und seine Stimme zitterte, als er sagte: «Ich werde wieder reiten.»

KARO KÖNIG DAME BÄR

15

Der Rückweg war eine Quasselfahrt, ein Plapperritt. Das war Albertas Ansicht. Auf dem Waldweg war es noch einigermaßen auszuhalten. Da blieben die drei Reiter hinter dem Schlitten, und sie hatte das triumphierende Plappern bloß im Rücken. Nur Barana preschte immer wieder mal an allen vorbei. Sie sprang und jagte mit einem hellen Jubelbellen, als sei sie auf einer fantastischen Spur, die mindestens zu einem Einhorn führte, wenn nicht gar zu einem Pegasus. Und auf diesem Teil der Strecke hatte Alberta auch noch Verständnis dafür. Die zwanzig Minuten auf dem Ulmenhof verdrängten die Gedanken an das, was vorher geschehen war. Als sie jedoch die Lichtung überquert hatten, holte die

Erinnerung an das fliehende Reh sie ein. Für sie war dies kein Versöhnungstag. Für sie zog eine Blutspur durch diesen Ausflug, sie sah ein rehbraunes Auge und das bestand mal aus Panik, mal aus Glas, und sie konnte nichts anderes denken als Rache und Hass. Sie hielt Christian im Arm. Er war eingeschlafen. Da streichelte sie seinen Arm durch den dicken Anorak. Es war eine gute Gelegenheit. Wenn er schlief, schlug er nicht nach Händen, die ihn streicheln wollten.

Als sie die breiteren Wege durch freies Feld erreichten, belagerte die gute Laune Alberta von allen Seiten. Theres ritt immer wieder direkt neben ihr, strahlte und schwärmte geradezu von Grohne-Wilte. Wie sympathisch der plötzlich ausgesehen habe, weil er sich so – so! – freute! Und wie gut sie ihn verstehen könne. Und wie schrecklich er doch gelitten habe, weil er so lange nicht reiten konnte … und … und … und …

Dann ging Isas Handy. Sie hielt es in der rechten Hand und fuhr mit der linken locker das windfarbene Gespann. Sie lachte ins Handy und danach erzählte sie allen: der eigentlich gar nicht ängstliche Sven habe wissen wollen, ob diese Bettina sie alle auf der Lichtung an die Bäume gehängt hätte. Und Sven habe eine Überraschung versprochen, noch eine gute Nachricht.

Isa, Theres, Felix und Christina bombardierten sich gegenseitig mit Plänen. Was denn nun alles möglich wäre, wenn die Reiterhöfe zusammen und nicht mehr gegeneinander arbeiteten! Ausritte mit Treffen und Picknick beim alten Gutshaus. Kleine Hofturniere hier und da. Stammtisch und Filmvorführungen – es war das reine Paradies. Und das alles, weil Grohne-Wilte jetzt Isländer reiten wollte? Alberta konnte es nicht fassen, dass die vier plötzlich die ganze Welt, Himmel und Erde und Schnee nur noch rosarot sahen, und für sie wurde nichts besser, als das auf einmal wirklich so war. Die Sonne ging unter. Sie färbte das Land orangerot. Isa hielt den Schlitten an. Vier Augenpaare staunten in ein warmes Licht, das niemals auf ein sterbendes Reh gefallen war, aber die Kirgisenaugen waren eingesperrt hinter geschlossenen Augenlidern.

Stell das ab, lieber Gott, dachte Alberta, mach wenigstens dieses kitschige Abendrot weg, bitte.

Und dann musste Isa das auch noch überbieten.

«Weihnachten», sagte sie. «Was für ein Weihnachtsfest!»

Und Alberta dachte: Ja! Was für ein Weihnachtsfest!

Als sie den Rappenhof erreichten, war der Wagen aus Lautenbühl schon lange da. Es gelang, Christian schlafend hineinzuheben. Miriam machte sowieso keine Probleme, sie war nur schwer. Der VW-Bus fuhr ab.

«Die Überraschung!», forderte Isa.

«Dr. Wegener hat angerufen. Das neue Röntgenbild von Hamingja sieht ziemlich gut aus.»

Jetzt musste Alberta sich doch freuen. Jetzt! Endlich! Wirklich! Sehr! Aber das Messer, das er an dem toten Tier und nicht an den Fichtenzweigen abgewischt hatte, war stärker. Sie ging zu Hamingja und verließ sie bald wieder. Sie fühlte sich nicht wohl da, wo sie sich freuen musste.

Später, als sie das Heu im Stall verteilten, merkte Isa dann doch, wie sehr Alberta aus all dem Jubel ausgeschlossen war.

«Noch ein paar Tage», versuchte sie zu trösten, «dann erreicht dich die Freude auch.»

Was denn? Wann denn?? Weihnachten???

«An Weihnachten?», schrie sie. «Ihr habt euer Weihnachten. Und wie! Friede im Haus und im Wald und im Stall und auf Erden! Und ich? Ich habe nur Hass. Und Rache! Aber weißt du was? Ich habe ihn jetzt in der Hand. Ich kann ihn kaputt machen. Oder erpressen. Ich habe jetzt die Macht. Und weißt du noch was? Das macht mir überhaupt keinen Spaß.»

Einen Augenblick stand Isa still mit der Heugabel in der Hand, dann sagte sie: «Kleinen Moment. Ich hol dir was.»

Sie lehnte die Heugabel an die Wand und ging.

Noch eine Überraschung? Was für ein «Ich-zwing-dich-zur-Freude-Gerät» hatte Isa noch im Haus? Alberta kippte das Heu von der Karre und stieß die Gabel hinein.

Es war ein kleines silbernes Gerätchen, mit dem Isa zurückkam. Ihre Kamera. Sie stellte sich unter die Lampe und rief die Bilder vom Nachmittag auf. Viel sah man nicht auf dem winzigen Bildschirm in dem schwachen Licht.

«Welches gefällt dir am besten?», fragte sie, wartete aber nicht auf eine Antwort. «Ich glaube, wir nehmen das – nein – das!»

Alberta zwischen Karo König, Karo Dame, Karo Bär. Alberta lachend, mittendrin in ihrem schwarz-weiß karierten, ihrem geschenkten, gescheckten Glück – eine ferne Erinnerung. Was wollte Isa damit? Die Zeit zurückdrehen?

«Sieh es dir an», verlangte Isa, «sieh es dir noch einmal genau an. Ich kann dir jetzt, heute Abend, den Schmerz nicht nehmen, aber ich verspreche dir etwas: Wenn du dieses Bild wiedersiehst, wirst du deinen Vater nicht mehr hassen.»

«Ich werde ihn immer hassen!», behauptete Alberta. «Der ändert sich doch nicht!»
«Nein, das glaube ich auch nicht», gab Isa zu. «Aber musst du ihn darum hassen? Schau dir das Foto noch einmal an. Du wirst es wiedersehen, und dann wirst du es leichter haben, mit diesem Vater zu leben. Versprochen!»
Klick. Das Foto verschwand. Ein kleiner grauer Bildschirm blieb zurück.
«Isa!», schrie Alberta. «Wann? Wann werde ich das wiedersehen?»
Und Isa sagte: «Weihnachten.»

Weihnachten!
Alberta saß am Tisch und schaute niemanden an. Sie saß zwischen Jakob und Irina, der beste Platz in diesem Haus. Ihr gegenüber die Mutter. Das beste Gegenüber an diesem Tisch für den Fall, dass sie einmal versehentlich den Kopf hob. Neben Jakob saß Anton. Auch das war gut. So hatte sie Irinas Gelassenheit und Stärke zwischen sich und dem Vater. Sie sprachen nicht viel und Alberta überhaupt nicht. Aber das war kein ruhiges Schweigen. Es war ein höchst unruhiges Verschweigen, das die Luft in dem Zimmer ganz dem Geruch überließ. Es war ein Duft, zart gebratenes Wild, Rehrücken gespickt, Kräuter, Knoblauch. Verlockend würzig wollte er die Erinnerung an Waffenöl und Blut verdrängen. Hier war nirgendwo Blut. Keine Spur. Alberta aß Kartoffeln.
«Wenigstens etwas Soße?»
«Nein.»
«Pilze?»

«Ja.»

Mit einem scharfen Messer tranchierte ihr Vater den Braten, schnitt in dieses Fleisch, in das er schon einmal geschnitten hatte, als es noch lebte.

Wie kann man etwas essen, das man selber getötet hat?, dachte sie.

Aber während sie die Kartoffeln in den Pilzen zerdrückte, fielen ihr die Schreie aus der Schlachthofnacht ein und sie dachte: Wie kann man etwas essen, das man nicht einmal selber getötet hat?

Da sagte Irina: «Alberta, du könntest uns eine gesegnete Mahlzeit wünschen.»

Hatte ihre Schwester gespürt, dass sie keinen geeigneteren Augenblick für diese Bitte hätte finden können? Alberta hob den Kopf, schaute alle an, außer dem Vater.

«Gesegnete Mahlzeit», sagte sie.

Wenn er doch nur das Messer nicht an dem toten Tier abgewischt hätte! An seinem Rücken. Rehrücken, gespickt.

Isa, dachte sie, du hast mir etwas versprochen. Zeig mir das Bild mit Hamingja, Skuggi und Christian. Zeig es mir jetzt, bitte.

Sie hatte Isa so dringend um das Foto gebeten, als Irina gestern Abend auf den Rappenhof gekommen war, um sie abzuholen. Aber Isa hatte gesagt: «Ich habe es dir schon gegeben. Hab ein wenig Geduld. Es holt dich ein.»

Sie hatte Irina warten lassen, weil sie unbedingt noch einmal zu Hamingja gehen musste. Die Stute kam ihr entgegen auf ganz normalen Pferdehufen. Der Schnabelschuhadventskalender war abgelaufen. Alberta streichelte den schwarzweißen Kopf auf der Seite mit dem Menschenauge.

«Jetzt muss ich ganz schnell reiten lernen», flüsterte sie. «Sonst kannst du schneller laufen als ich reiten.»
Nach dem Essen gingen sie in das Zimmer mit dem Teppich «Zuhause». Da stand der Weihnachtsbaum, den Alberta in diesem Jahr nicht geschmückt hatte. Darunter lagen viele bunte Päckchen.
«Wir machen das dieses Jahr anders», sagte der Vater. «Wir verteilen zuerst die Geschenke, und dann singen wir. Ich denke, dann wird es gehen.»
Alberta hatte etwas Schwierigkeiten beim Verteilen. Zwar standen Namen auf den kleinen Faltkarten, aber sie hatte die Päckchen so wenig angeschaut, dass sie nicht mehr wusste, welche Irina ihr gegeben hatte. Außerdem hatte sie keine Ahnung, was drin war. Und merkwürdig war, dass sie selber nichts bekam.
«Du kriegst schon auch was», sagte Irina, «etwas von uns allen. Wir haben alle daran mitgearbeitet. Musst noch ein bisschen warten.»
So schaute Alberta zu, wie Eltern und Geschwister auswickelten, was sie ihnen «geschenkt» hatte: Duschgel, Rasierwasser, Hautcreme, ein Buch über Hockey für Jakob, eins über Holzarbeiten für Anton.
Seit wann interessierte der sich für Holzarbeiten? Wollte er das Scheunentor reparieren, das er mit seinen Wurfmessern zerschnitten hatte?
«Jetzt du!»
Irina zog ihren bunten Seidenschal vom Hals und band Alberta damit die Augen zu.
«Was soll das?»
«Wirst sehen.»

«Ich kann nichts sehen.»
«Gut so.»
Das Letzte, was Alberta hatte sehen können, war Irinas freudig aufgeregtes Gesicht und dahinter das ihres Vaters. Der schaute sie zum ersten Mal an diesem Tag richtig an. Irina fasste ihre Schultern und drehte sie im Kreis.
«Weißt du noch, wo du bist?»
«Da ist die Tür.» Alberta streckte einen Arm aus.
«Falsch! Okay, kann losgehen.»
Irina führte sie. Alberta spürte die Türschwelle unter den Füßen. Es gab in diesem Zimmer nur eine Tür, und die Treppe, die sie hinaufging, war die einzige im Haus. Also wusste Alberta wieder, wo sie war. Dies war die Ebene des Bades und der Zimmer von Eltern und Brüdern. Weiter hinauf. Rechts war das Zimmer von ihr und Irina, aber die Schwester drehte sie nach links. Alberta erschrak. Da war die Tür, die zur selben Zeit ein Schloss erhalten hatte wie die Kiste im Schuppen. Da war das Zimmer, aus dem zur selben Zeit ein befremdlicher Geruch gekommen war wie aus der Kiste. Wollten die ihr das heimliche Lager gewilderter Tiere schenken?
Irina öffnete die Tür, schob Alberta ein paar Schritte hinein, drehte sie um, nahm ihr das Tuch ab. Zuerst sah Alberta nur strahlende Augen, zweimal die Kirgisen-Version, dreimal europäisch hell. Dann nahm sie die Wände wahr, Raufasertapete, hellgelb gestrichen. Dann den Fußboden, der sah fast aus wie Holz. An der Wand ein Kleiderschrank, beide Türen offen. Alle Kleider darin gehörten ihr. Nichts von Irina, kein Hemd, keine Hose. Sie wandte den Kopf. Am Fenster ein Schreibtisch. Holz. Ikea? Wohl eher selbst gebaut. Ihr Schulrucksack lehnte daran.

«Das war Anton!», platzte Jakob heraus. «Aber ich habe geholfen. Das meiste hat Papa gemacht.»
Alberta holte tief Luft. Sie drehte sich weiter um. Da war das Bett unter einer bunten Patchworkdecke, ohne Zweifel eine Arbeit ihrer Mutter. Darüber hing ein Bild. Auf das ging sie zu. Sie kniete sich auf die bunte Decke, fuhr mit dem Finger sachte, das Foto kaum berührend, die gescheckten Linien von Skuggi und Hamingja nach. Dem lachenden Christian und seinem Karo Bär gab sie einen kleinen Stups auf die Nase.
«Danke, Isa», flüsterte sie, «danke, und – du hast recht gehabt.»

UND WIE GEHT'S WEITER?

Frieden zwischen Rappen- und Ulmenhof! Wunderbar! Dann ist die *Hufspuren*-Reihe jetzt beendet? Hm. Alberta hat ihr Pferd gefunden, aber Theres trauert immer noch ihrer Bjalla nach. Und ist Fantasy für Jana das, was Askan für sie war? Kann Pedro Felix wirklich Dolly ersetzen? Ihr wisst nun, welche Pferde Natalie reitet, aber immer noch nicht, warum sie eigentlich isländische Pferdenamen sammelt. Das wird erst im sechsten Band verraten. Im fünften Band, *Das Feuerfohlen,* gibt es neue Probleme, neue Lösungen und ganz neue Pferde.

Ich habe diese Pferdebuchreihe *Hufspuren* genannt, weil ich nichts anderes tue, als noch einmal den Spuren nachzugehen, die viele Pferde in meinem Leben zurückgelassen haben. Natürlich sind die Geschichten erfunden, aber die Ereignisse, aus denen sie entstanden sind, habe ich fast alle erlebt. Ja, ich habe sie gesehen, die «Pferde auf Pfoten», ich habe fassungslos auf diese «Schnabelschuh-Hufe» gestarrt. Ich konnte beobachten, wie sich die Pferde aneinanderlehnten und gegenseitig stützten. Und sie sind tatsächlich auf ähnliche Weise zu uns gekommen, wie ich in diesem Buch erzähle. Und mehr darf ich nicht verraten, ebenso wenig wie Alberta an dem schrecklichen Morgen in der Schule berichten durfte.
Übrigens: Zuerst wollte ich die Reihe anders nennen: «Frislandaloosa», aber alle meinten, das sei zu rätselhaft. Stimmt das? Ich würde eigentlich vermuten, die richtigen Pferdekenner unter euch durchschauen das Wort und erkennen schnell, wer in den folgenden Büchern noch auftreten wird. Mögt ihr das Rätsel lösen? Dann schreibt mir:
christaludwig@gmx.de

Ich bin in vielen verschiedenen Städten in vielen sehr verschiedenen Reitställen gewesen. Die meisten guten und schönen Erlebnisse, die in diese *Hufspuren* eingegangen sind, habe ich da erlebt, wo ich heute noch wohne. So möchte ich mich sehr herzlich bedanken bei:

Ulla Thiersch von Keiser und Dr. Petra Baurmann von der Reitschule Rengoldshausen in Überlingen am Bodensee, wo ich neben Islandpferden auch die iberischen Pferde und das Klassische Dressurreiten kennen lernte.

Und für dieses Buch danke ich ganz besonders Gaby Matscheko vom Islandpferdehof Hegau bei Stockach im Bodenseehinterland, wo jetzt mein Islandpferd wohnt. Ohne Gaby und Menja hätte es keine Hamingja gegeben.

Mein besonderer Dank aber gilt diesen meinen Freunden, ohne die diese Bücher nicht entstanden wären:
Inka, Dolly, Oro, Beaujolais, Obelisk, Suleika, Silber, Tamino, Grande, Bjalla, Thokkadis, Menja, Skuggi, vor allem aber: Gletta und Starkadur.

MINI-LEXIKON DER PFERDEFACHSPRACHE

Andalusier — Pferderasse aus Andalusien, heißt richtig: Pura Raza Española, das bedeutet so viel wie «Spanisches Vollblut»

Berittpferd — dem Bereiter zur Ausbildung anvertrautes Pferd

Entlastungssitz — der Reiter beugt sich leicht nach vorn, berührt den Sattel noch, sitzt aber nicht mehr darauf, entlastet also den Pferderücken und verlagert das Gewicht auf Steigbügel und Oberschenkel.

Falbfuchs — Falbe auf der Grundfarbe Fuchs, sieht fast aus wie ein Fuchs, hat aber immer einen Aalstrich, also einen dunkleren Strich über den ganzen Rücken.

Gangartenreiterei — Pferde, die mehr als drei Gangarten gehen können (außer Schritt, Trab, Galopp noch Tölt und Pass) müssen etwas anders geritten werden. Das nennt man Gangartenreiten

Hufe aufhalten — Hufe des Pferde halten, während der Schmied es beschlägt

Hufgrip	Plastikschlauch, der mit dem Eisen aufgenagelt wird; verhindert, dass sich Schnee im Huf festballt.
Hufrehe	sehr schmerzhafte Entzündung im Huf, kann den Huf völlig zerstören; entsteht durch Überfütterung oder auch Medikamente
Hufschlag	äußere Spur einer Reitbahn
Isabelle	sehr helles, aber nicht weißes Pferd; der Körper ist goldgelb, Mähne und Schweif sind silberweiß
Kleber	nennt man ein Pferd, das nicht von anderen Pferden weggehen will, also an ihnen «klebt»
kören	ein gekörter Hengst hat alle Zuchtprüfungen bestanden und ist als Zuchthengst zugelassen
leichttraben	sich im Takt des Trabes auf und ab bewegen
Mausfalbe	graues Pferd, Mähne und Schweif sind schwarz, oft mit grauen Strähnen, Kopf und Beine sind ebenfalls dunkler, über den gesamten Rücken läuft ein schwarzer Strich (Aalstrich)
Paddock	eingezäunter Auslauf für Pferde, meist direkt am Stall
Schecke	schwarzweiß, braunweiß oder rotfuchsweiß geflecktes Pferd
Schraubstollen	Metallstifte, die man in den Huf einschrauben kann; wirken auf glattem Boden wie Spikes
Sliding Stop	Übung der Westernreiterei, sehr plötzlicher Halt aus vollem Galopp, das Pferd setzt sich fast wie ein Hund und rutscht auf den Hinterbeinen
taktklar	ohne Taktfehler
Tölt	der 4. Gang einiger Pferderassen, z. B. der Isländer, so etwas wie ein sehr schnelles Gehen, das Pferd hat immer mindestens ein Bein am Boden, darum ist diese Gangart so bequem zu sitzen, aber nicht ganz leicht zu reiten
Volte	kleiner Kreis
Westernpferd	die Pferderassen der Cowboys
windfarben	bei nur wenigen Pferderassen gibt es diese Farbe, der Körper ist dunkel, Mähne und Schweif sind silberhell

Christa Ludwig wurde 1949 in Wolfhagen bei Kassel geboren. Nach dem Studium der Germanistik und Anglistik in Münster und Berlin unterrichtete sie zunächst einige Jahre Deutsch und Englisch. Ab 1988 begann sie Jugendbücher zu schreiben. Mit dem historischen Roman *Der eiserne Heinrich* (1989; Anrich Verlag) ist sie bekannt geworden. Se reitet seit ihrer Jugend, hat Pferde aus vielen verschiedenen Ländern kennengelernt und Einblick in den Turnierbetrieb bekommen. Ihre eigenen Erlebnisse mit Pferden – schöne wie auch erschreckende – sind in die Geschichten eingeflossen, die sie in ihrer Reihe *Hufspuren* erzählt. Drei Bände sind bereits erschienen: *Fliegender Wechsel, 136 Hufe zu viel* und *Vier Beine für Christina*. Christa Ludwig hat drei erwachsene Söhne. Sie lebt mit ihrem Mann, einem Hund und einem Islandpferd in der Nähe des Bodensees. Im Verlag Freies Geistesleben sind von ihr außerdem erschienen: *Ein Lied für Daphnes Fohlen, Blitz ohne Donner, Carlos in der Nacht* und *Die siebte Sage*.

Ein Lied für Daphnes Fohlen
Christa Ludwig
Verlag Freies Geistesleben

HUFSPUREN